余英時文集——27

余英時書信選

余英時——著

余英時文集編輯序言

聯經出版公司編輯部

余英時先生是當代最重要的中國史學者，也是對於華人世界思想與文化影響深遠的知識人。

余先生一生著作無數，研究範圍縱橫三千年中國思想與文化史，對中國史學研究有極為開創性的貢獻，作品每每別開生面，引發廣泛的迴響與討論。除了學術論著外，他更撰寫大量文章，針對當代政治、社會與文化議題發表意見。

一九七六年九月，聯經出版了余先生的《歷史與思想》，這是余先生在台灣出版的第一本著作，也開啟了余先生與聯經此後深厚的關係。往後四十多年間，從《歷史與思想》到他最後一本學術專書《論天人之際》，余先生在聯經一共出版了十二部作品。

余先生過世之後，聯經開始著手規劃「余英時文集」出版事宜，將余先生過去在台灣尚未集結出版的文章，編成十六種書目，再加上原本的十二部作品，總計共二十八種，總字數超過四百五十萬字。這個數字展現了余先生旺盛的創作力，從中也可看見余先生一生思想發展的軌跡，以及他開闊的視野、精深的學問，與多面向的關懷。

文集中的書目分為四大類。第一類是余先生的**學術論著**，除了過去在聯經出版的十二部作品外，此次新增兩冊《中國歷史研究的反思》古代史篇與近代史篇，收錄了余先生尚未集結出版之單篇論文，包括不同時期發表之中英文文章，以及應邀為辛亥革命、戊戌變法、五四運動等重要歷史議題撰寫的反思或訪談。《我的治學經驗》則是余先生畢生讀書、治學的經驗談。

其次，則是余先生的**社會關懷**，包括他多年來撰寫的時事評論（《時論集》），以及他擔任自由亞洲電台評論員期間，對於華人世界政治局勢所做的評析（《政論集》）。其中，他針對當代中國的政治及其領導人多有鍼砭，對於香港與台灣的情勢以及民主政治的未來，也提出其觀察與見解。

余先生除了是位知識淵博的學者，同時也是位溫暖而慷慨的友人和長者。文集中也反映余先生**生活交遊**的一面。如《書信選》與《詩存》呈現余先生與師長、友朋的魚雁往返、詩文唱和，從中既展現了他的人格本色，也可看出其思想脈絡。《序文集》是他應各方請託而完成的作品，《雜文集》則蒐羅不少余先生為同輩學人撰寫的追憶文章，也記錄他與文化和出版界的交往。

文集的另一重點，是收錄了余先生二十多歲，居住於**香港期間**的著作，包括六冊專書，以及發表於報章雜誌上的各類文章（《香港時代文集》）。這七冊文集的寫作年代集中於一九五〇年代前半，見證了一位自由主義者的青年時代，也是余先生一生澎湃思想的起點。

本次文集的編輯過程，獲得許多專家學者的協助，其中，中央研究院王汎森院士與中央警察大學李顯裕教授，分別提供手中蒐集的大量相關資料，為文集的成形奠定重要基礎。

最後，本次文集的出版，要特別感謝余夫人陳淑平女士的支持，她並慨然捐出余先生所有在聯經出版著作的版稅，委由聯經成立「余英時人文著作出版獎助基金」，用於獎助出版人文領域之學術論著，代表了余英時、陳淑平夫婦期勉下一代學人的美意，也期待能夠延續余先生對於人文學術研究的偉大貢獻。

編輯說明

一、本書以受信人年代編序，排版體例以呈現信札、傳真原貌為準則，同時保留余英時先生用字習慣。

二、【】為原件闕漏字，依文意與殘留字形添補；〔〕為修訂明顯誤字。書名號、篇名號、引號、信中引文、部分異體字等，則依現行通用形式編排。

三、書信中涉及通訊資訊等個人隱私，皆以遮蓋、刪修方式處理。

四、上款、下款、日期等，因應全書整體適讀性而採統一格式。

目次

1950年代

1960年代

1970年代

1900
年代

牟潤孫

致牟潤孫函——

一九八五年一月十四日

海遺先生道鑒：

去年年底奉董橋兄轉來　先生大函，早已拜悉。【因】是時適去台北開會，在台八、九日忙迫不堪，未及早復，至【以】為歉。今年年初又去西岸開一學術會議，與若干西方人類學家及史學家討論中國喪禮問題，甚有趣味。先生來示過多獎飭之語，足見前輩愛護後學之意，但書中所言晚學實當不起，只可視為勉勵之方向耳。

今日五、六十歲以下之學人舊籍造詣俱淺，西學亦未必皆能博通，故中國學術界實處於一過渡時代。晚學亦有【向】學之心，數十年來亦勉求無一日不讀書，而所得實太有限，【蓋】範圍太廣，而由博返約尤屬不易，恐亦將皓首無成耳。　先生經、史功深，昔日賓四師曾一再言及，今退休有暇，不妨以心得公之於世，但寫短篇，語語精到，即可使人受益【不】淺，長篇考證則非老年人所宜為耳。以今日醫藥條件言，七、八十歲尚可當往昔五、六十歲之精力。　先生善自珍攝，必仍能對中國學術有重要貢獻也。

中國大陸最近情況似頗有新氣象，但舊習慣、舊勢力一時亦恐難除盡耳。專此敬問

起居安泰

夫人問安

晚學余英時敬上　八五、一、十四

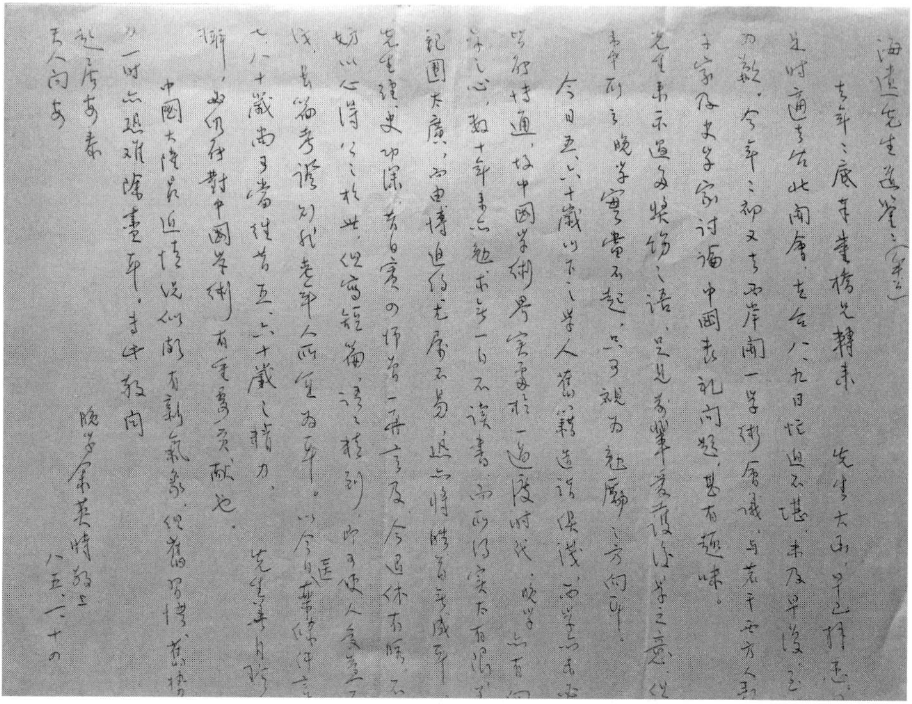
海遠先生道鑒：
去年年底董橋兄轉來　先生大函，早已拜悉，
其時適去台北開會，在台八、九日忙迫不堪，未及早復，至
為歉。今年年初又去西岸開一學術會議，與若干西方人
學家及史學家討論中國古代問題，甚有趣味。
先生來示過多獎飾之語，只足見前輩獎掖後學之意，從
函中所言晚學實當不起，只可視為勉勵之方向耳。
今日五、六十歲以下之學人，舊學根柢皆淺，而學者未必
皆能博通，故中國學術界實處於一過渡時代。晚學亦有何
之心，數十年來亦勉求無一日不讀書，而所得實太有限
範圍太廣，而由博返約尤屬不易，近亦時時有所感耳。
先生治史功深，吾自讀之佩服之一再言及，今退休有暇，不
妨以心得公之於世，但寫短篇，讀之精到，即可使人受益
或長篇考證，則我老年人所宜為耳。以今日華僑作言
七、八十歲尚可當往昔五、六十歲之精力，　先生
辯，必仍存對中國學術有重要貢獻也。
中國大陸最近情況似稍有新氣象，但舊習慣、舊禁
為一時亦恐難除盡耳。專此敬問
起居安泰
夫人同安
晚學余英時敬上
八五、一、十四

1910
年代

王惕吾
楊聯陞
邢慕寰
周策縱

致王惕吾函

一九九四年十月六日

惕老尊鑒：

頃得許倬雲兄電告，　公尊體違和，就治後已日漸康復，聞之不勝繫念。道路遠阻，不及親來問　安，恕罪為幸。至乞　公善自珍攝，節勞靜養。草此數行，聊代面候。十二月中旬晚學或將返台北一行，屆時當親謁敬候　起居也。

專此　敬請

康安

晚學余英時敬上　十月六日

Princeton University　East Asian Studies
211 Jones Hall
Princeton, New Jersey 08544-1008
Telephone 609-258-4276

楊老尊鑒：

頃得許倬雲兄電告，公尊體違和，就治後已日漸康復，聞之不勝繫念。道路遙阻，不及親來問安，殊以為歉。望公善自珍攝，節勞靜養，草此數行，聊代面候。十二月中旬晚學或將返台北一行，屆时當親謁敬候起居也。專此敬請

康安

晚學余英時敬上

十月六日

致楊聯陞夫人繆宛君函——

一九九四年十月十五日

宛君師母尊鑒：

九月間承電話相囑，為　令孫取名事，生思之甚久，最後決定建議

祖安

一名似最妥善，其義是使「祖母安心」、「祖父安慰」等，也包括「平安」、「安和」等，不知　師母以為如何，請　斟酌。若不喜則亦無關係，請千萬不要覺得非用不可。本來也想到「承祖」二字，又覺得太普通了。

生回來後因小有感冒，至今才復原。【此】信寫得遲了一點，乞

恕罪

專此　敬請

福安

生英時敬上
淑平叩安

十、十五

Princeton University
East Asian Studies
211 Jones Hall
Princeton, New Jersey 08544-1008
Telephone 609-258-4276

範君師母尊鑒：

九月間承電話相囑，為 令孫取名事，生思之甚久，最後決定建議

祖安

一名，似最妥善，其義是使「祖母安心」、「祖父安慰」等，也包括「平安」、「安和」等，不知

師母以為如何，請 斟酌。如不甚喜則亦無關係，請千萬不要覺得非用不可。本來也想到「承祖」二字，又覺得太普通了。

生回來後因小有感冒，至今才復原。此信寫得遲了一點，乞恕罪。

老師 敬請

福安

生 英時敬上

淑平叩安

十、十五。

悼邢慕寰函

一九九九年十一月十五日

大嫂禮鑒：

　　慕寰兄仙逝，不勝悼念，四十五年金石之交，忽成隔世，真不知涕流之何從也。但回顧老友一生學問功業皆足以垂之久遠，高齡而無大痛苦離去，晚年又得大嫂細心體貼，照顧無微不至，終是福壽全歸，亦可無憾。　大嫂亦請務必節哀，至所盼切。慕寰兄一生恬淡，但作事待友則極富熱腸，此種結合，並世更無第二人。英時自與　慕寰兄相識以來，得其鼓勵提攜，不一而足，畢生不敢稍忘，唯有努力工作，以期稍報　老友之愛護於萬一而已。所繫念者，不知　慕寰兄晚年精力撰著之經濟理論三宏文，究竟下落如何？如西方刊物尚未接受，極盼中研院經濟所能為正式刊布，甚盼　于宗先兄能注意及此。前聽　慕寰兄口述大義，知為突破現有經濟學基本觀念之絕大文字，賞音不易，厥以是故。但刊行之後，久之必有能識其為瑰寶者。此英時之所以於此事不能置懷也。慕寰兄不重形式，弟與淑平未能前來致祭，必蒙其原宥。今後　大嫂每逢家祭或春秋上祀，務乞代弟等燒一炷香，獻一束花，以表寸心。故特寄上旅行支票一紙，非世俗所謂奠儀，千

祈　收下。支票已寫　大嫂尊名，不入銀行帳戶即等於廢紙矣。明夏弟等若返台，當再親自致奠，並奉訪　大嫂，面致慰問。餘不一一。敬祝

安好

弟　英時

妹　淑平　同叩　一九九九、十一、十五

大嫂禮鑒：

慕寰兄仙逝，不勝悼念，四十五年金石之交，忽成隔世，真不知涕流之何從也。但回顧老友一生志向功業皆足以垂之久遠，高齡而無大痛苦離去，晚年又得大嫂細心體貼照顧無微不至，總是福壽全歸，亦可無憾。大嫂亦請務必節哀，至所盼切。　慕寰兄一生恬淡，但作事待友則極富熱腸，此種結合，並世更無第二人。昔時自與　慕寰兄相識以來，得其鼓勵提攜，不一而足，畢生不敢稍忘，唯有努力工作，以期稍報　老友之愛護於萬一而已。所繫念者，不知　慕寰兄晚年精力撰著之經濟理論三篇文，究竟下落如何？如西方刊物尚未接受，極盼中研院經濟所能為正式刊布。甚盼　于宗先兄能注意及此。前年　慕寰兄口述大義，知為突破現有經濟學基本觀念之絕大文字，賞音不易，職以是故。但刊行之後，久之必有能識其為瑰寶者。此英時之所以於此事不能置懷也。

慕寰兄不重形式，弟與淑平未能前來致祭，尚蒙其原宥。今後　大嫂每逢家祭或春秋上祀，務乞代弟等燒一炷香，獻一束花，以表寸心。故特寄上旅行支票一紙，非世俗所謂奠儀，千祈　收下。支票已寫　大嫂尊名，不入銀行帳戶即等於廢紙矣。明夏　弟等若返台，當再親自致奠並奉訪　大嫂，面致慰問。餘不一一　敬請

安好

弟　英時
妹　淑平　同叩
一九九九、十一、十五

致周策縱函

一九九七年六月二十三日

棄園老兄道席：

去歲承　賜函，並贈大著《巫醫六詩考》及其他詩作，不勝感激。匆匆逾半載，尚未專函道謝，失禮之至。所以然者，此半年中弟出國開會太多，不下五次，每次又皆有論文準備，以致日夜在趕工中，明日又須去南韓漢城一行，八月則有京都之約（論文尚未寫成）。自知可笑之至，然身不由己，在世情中流轉，以後祇能力求節省精力而已。

尊著近日稍暇，始得細讀一遍，（此為未早覆函之主因），甚佩聯想之豐富，運用訓詁尤有左右逢源之妙，大旨決可成立，不僅持之有故言之成理已也。古代社會文化狀態，因史料極少，必待想像力與現代巫術研究（人類學）合流始可得其仿佛，此即老　兄所謂能「假設」而無從「證實」也。但一切皆求「實證」，正是近代啟蒙以來（中國考證之風以來）之一偏頗，今日已無尊之為天【經】地義之理，自來以儒家觀點解釋古典皆不免過於「理性化」，即所謂「正統」也。正統亦非完全無據，但以偏概全之譏終不可免。尊作中時時以古希臘為比，取徑甚是，似尚可更深入一二層。弟前年曾閱 E. D.[R.] Dodds' *The Greeks and the Irrational* 一書，甚覺與尊作用意相近，論及「巫」之影響亦大端相同。取 Dodds 之書與 W. Jaeger's *Paideia* 三巨冊相較，亦可見西方正統與新說間距離之遠，然多得一端，固不能偏廢耳。

論孟子義利之辨一文甚合弟心，去歲寫中國商業文化之流衍一長文（英文，為香港大學講演系列而作，但因病未去，僅以長文代之），亦言及孟子重商，刊出後當影印奉上請教。因後日遠行，不及檢近作寄上，俟七月中返美後再寄呈。此信已不能再拖，讀　尊作竟先略道所感以釋　老兄之繫念並謝　贈書之厚意。「慣遲作答愛書來」弟之惡習與梅村同，至乞　鑒原為幸。專此敬問

著安　嫂夫人問安

弟余英時敬上　六、廿三

內子淑平附候

Princeton University
East Asian Studies
211 Jones Hall
Princeton, New Jersey 08544-1008
Telephone 609-258-4276

寶國吾兄道席：

去歲承 賜函，並贈大著書匯、六詩考及其他詩作，不勝感激。而遲遲未專函道謝，失禮之至。所以然者，此半年中弟出國開會太多，不下五次，每次又皆有論文準備，以致日夜在趕工中。明日又須去南韓漢城一行，八月則有京都之行（論文尚未寫成）。自知可笑之至，然身不由己，在旋渦中流轉，以後祇能力求節省精力而已。

尊著近日稍暇，始得細讀一過，（此乃未早覆函之主因）甚佩聯想之豐富，運用訓詁尤有左右逢源之妙，大旨皆可成立，不僅持之有故，言之成理已也。古代社會文化狀態，因史料極少，必須想像力與現代西方研究（人類學）參觀始可得其彷彿，此即 兄所謂「假設」而非從「證實」也。但一切皆求「實證」而是近代科學以來（中國考證之風以來）之一偏頗，

Princeton University **East Asian Studies**
211 Jones Hall
Princeton, New Jersey 08544-1008
Telephone 609-258-4276

今日已奉尊之為天地義之理，自來以儒家觀點解釋古典皆不免過於「理性化」，即所謂「正統」也。正統亦非完全無據，但以偏概全之識終不可免。尊作中特以古希臘為比，最饒慧意，似為可更深入一二層。弟昔年曾閱 E. R. Dodds, The Greeks and the Irrational 一書，甚覺與尊作用意相近，論及巫之影響亦同（大端相同）。取 Dodds 之書與 W. Jaeger 之 Paideia 三巨冊相較，亦可見西方正統與新說間頗新之處，然亦可一讀，因不能備舉耳。

論孟子義利之辨一文甚合弟心，去歲寫中國商業文化之源的一長文（英文，為香港大學講演而作，經同稿未出，僅以長文代之），亦言及孟子此篇，俟其稿篇刊印再上請教。

因經日遠行，不及檢近作寄上，俟七月中返美後再奉寄呈。此信已不能再拖，讀尊作竟先略述所感以釋老兄之懸念，並謝 贈書之厚意。「懷遠作客愛書來」弟之甚盼與梅村同，一笑。 鑒原為幸。專此敬問

著安 嫂夫人均吉

弟 余英時敬上 內子陳淑平附候 六、廿三

1920
年代

劉國瑞

致劉國瑞函

一九七六年四月二十五日

國瑞先生：

今日奉到大函，拆閱始知將　先生致陳秀美（若曦）女士之信誤置於致弟函之信封內，茲特奉還，希望不致誤事。

此次承　雅意囑在　貴社刊行拙作《歷史與思想》，甚感。〈反智論〉先後兩篇載於《聯副》，頗有反響，相知與不相知者曾有信來討論，足見台灣知識份子追求新知與思想之熱烈，至可喜也。弟年已中歲，立言自不能不慎，此兩文下筆亦甚費斟酌，希望不致引起誤解。至於見仁見智，自可不同。弟於批評商榷，只有歡迎，決無反感也。今日見《中央日報》副刊有一文〈理想與理性〉，似是針對弟文而發，不知作者為何人，僅見弟一篇亦不敢斷言其論旨何在。中國文化傳統中頗有虛腫浮誇之病，以大言即為理想，此極可憂，毛澤東即坐此而誤國誤民，誠可憂也。弟不願與人打筆墨官司，縱有批評，若無甚緊要，概置之不聞不問，想荷先生同情，《聯副》稿酬仍乞徑送敝親處，為感，餘不一一。即頌

大安

弟
余英時敬上　四、廿五

又承贈《聯合報》，甚感，唯近一週來每次皆收到雙份，想有誤，請改正以免浪費貴報也。。。

又及

HARVARD UNIVERSITY
DEPARTMENT OF EAST ASIAN LANGUAGES AND CIVILIZATIONS
2 DIVINITY AVENUE
CAMBRIDGE, MASSACHUSETTS 02138

國鑄先生：

今日來到大西，拆閱始知悉 先生代陳秀美（若曦）女士之信誤置於致弟之信封內，茲特奉還，弟並不致誤事。此次承 雅意將在 書評刊介拙作「歷史與思想」，甚感。「自然論」先後兩篇載於「聯副」，頃未及細看，但知其細節當有作未討論，是與知識份子之讀者對知與思想之撞擊，至可喜也。弟之論已申微，言之自不能不慎，此兩文下筆亦甚費斟酌，弟生恐致引起誤解。至於見仁見智，自可不同，弟極批評商榷，只有歡迎，決無反感也。今見中央日報副刊有一文「理想與理性」，似專針對弟文而發，不知作者為何人。僅見其一紙面亦不敢斷言其論旨何在。中國文化傳統中頗有虛驕（浮誇）之病，以大言即為理想，此極可憂。毛澤東即是經由誤國誤民，識者多知也。弟不願與人打筆墨官司，從有批評，若無甚緊要，概置之不問不聞。然為先生同情，「聯副」稿擠，所以遲遲發表，甚感，頃不一一，即頌

大安

弟 余英時 頓首 四、廿五

又承寄贈各報，甚感。唯近一周來每次皆收到雙份，想有誤，請改正以免浪費是禱也。又及

一九七六年十月二十一日

國瑞先生大鑒：

來示拜悉。拙文承單獨刊行，以引起讀者注目，用意尤可感。其實弟文乃卑之無甚高論，不過關係文化學術前途者則非淺顯耳。稿費請仍交新生南路陳府為感。

《歷史與思想》印得甚好，錯字仍有，以後當再補正。承再寄來十本，多謝。此十本弟願意自付費用，請勿 客氣。又前後所寄20本之中，不知有精裝本否？弟亦欲一見精裝本面目，倘所寄皆是平裝，則請另寄精裝一冊來，不知方便否？不情之請，尚希 恕罪。

贈送多本均承代寄，省弟精力不少，尤當深謝。（嚴總統亦已有函來道謝，附 聞）

專此即頌

編祉

弟余英時頓首　十、廿一

一九七九年七月七日

國瑞吾兄：

前幾日通電話，甚快慰。旋又獲　尊示，茲將有關諸項簡答如下：

一、與俞平伯談《紅樓夢》小文，俟兩週後動手，寫成即寄奉，弟下週將外出講演，一週後始歸，故暫不能落筆也。

二、凡牽涉敏感性之文字弟不願再寫，徒招無謂糾紛，對朋友（如貴報及出版公司）亦無好處，在社會上更不能有正面作用。

三、承欲集印拙作成冊事，弟原則上完全同意。俟中研院來信後，即正式回答，但該函迄尚未到也。（信未發，中研究〔院〕函已到，弟已復函同意矣。）

四、近日寫完〈名教危機與魏晉士風的演變〉一文，約兩萬三、四千字左右。此文原係為陶希聖先生八十歲祝壽論文集所寫，但因時間已過，趕不及印入，一時尚有些躊躇，正擬去信與陶晉生先生一問（陶希聖先生公子，現似在中研院）。此文與現實問題雖有間接牽連（即現代化問題，文化轉變中如何使舊傳統適應新的價值觀念，因魏晉時代變化之大為中國史上所少見也）。但畢竟為一學術性討論，對當前事僅有暗示性之論述，不能貿然「古為今用」，致成膚淺之論也。故此種文字恐未必合乎《聯合報・副刊》之標準。不日擬先寄上與　兄一閱，請代斟酌。如不宜見報，即作罷論，弟決不介意。如《副刊》欲採用，弟將另寫一段前言，將「古」與「今」作一聯繫。　兄以為如何？請　示知。

五、關於書稿，現合此文，共有四篇：一、〈中國古代知識階層之興起與發展〉；二、〈東漢政權之建立與士族大姓之關係〉；三、〈漢晉之際士之新自覺與新思潮〉；四、〈名教危機與魏晉士風的演變〉，合約二十餘萬言，上起先秦下迄兩晉，自成段落，此約一千年間中國知識階層之演進，大約可見其主要綫索。此中第二、第三兩篇發表於二十年前，中外學術界引用者不少，至今仍有人索單行本，弟已無以應付，故此次重印成冊，實大有方便。

六、關於書名，林載爵兄來信建議「中國古代知識階層論」，命意甚好，弟再經考慮，擬用「中國知識階層史論（或「研究」）：古代篇」。因不加「史」字，人或以為弟在憑空議論古人也。所以用「古代篇」者，蓋弟以後尚擬於隋唐以下續有文字，積久可集成「中世篇」、「近世篇」之類。

七、此書為學術性文字，引用古文獻較多，為便于青年人閱讀，最好在人名、專名、書名之旁加綫（如～～～、——之類）以清眉目。但貴處出版尚無此例，可能成本太高歟？

此亦乞代斟酌見示，弟不堅持此意也。

八、關於書酬，弟原無所謂，任何方式皆可，但最近因有房屋略有興建，的確需要一點現款，不知 尊處稿費現在如何（弟已不記得以前稿費數字矣，千字計？）倘能一次賣與 貴社，於弟目下當小有補益。此是窮措大之小打算，希 兄勿見笑。故想知道①大約稿費數目及②可否一次匯至美國。

九、此稿略有改動，但兩三週內可竣事，即寄上。

以上條舉多點，便中乞 示知。

專此即頌

編安

弟余英時上 七、七

一九八三年一月十二日

國瑞兄：

前奉來書及賀片，多謝多謝。《胡譜》序文正草創中，不日可脫稿，當儘早寄上，乞勿念。（日前正值學校開學，總須再過兩週，方可有時間作自己的事也。）

茲因香港孫國棟兄將來台北與《聯合報》討論在美設新亞研究所分所事，略草數語與兄相商。孫先生現任新亞所長，領導極有成績，唯香港面臨一九九七關頭，人心不安，新亞同人有意將此文化事業逐漸轉移至海外，故有在美設分所之設想。弟對此事十分贊成，願鄭重推荐以備　兄等參考。弟意新亞在美設分所或當專以提倡「儒學」為主，並與美國高等學府（哈佛或耶魯）取得連繫！或不難有所發展也，但學術事業終是一費錢之事，非得有心有力者之支持不可，如　王惕吾先生有意於此，則大有希望，請　兄儘力促成為感。詳細辦法俟略有眉目後再說，總之，弟必盡全力以促其實現也。

餘不一一。專此敬問

安好　並賀

農曆新年

弟余英時頓首　一、十二

一九八三年五月二十六日

國瑞吾兄：

來示早到，前承打電話，適弟不在家，失去交談機會，頗為歉然。〈胡序〉幸無大差錯，毛、楊、胡諸老皆能大度包容，甚感欣慰。此事因　兄鄭重其事，又奉　岳丈雪公之命，故不敢不盡心，今幸未辱命，在弟即了却一年來之心事也。蓋胡先生為一「箭垛式人物」（亦胡先生語），寫來甚難得體，而序文更與普通史論不同，既不能妄下評斷，亦不宜頌揚逾份，不得已只有實事求是，但求不誣古人，亦不濫用諛詞耳。此文佔去《聯合報》太多篇幅（弟原未料到《聯合報》先刊載），但借此廣為流傳亦是有好處的。當然報紙刊載的缺點是全文割裂，不能一氣讀完。　兄認為可收此序與兩篇附錄合印一單行本，此意弟十分贊成，因為此序將來附於《年譜》，而《年譜》是幾百萬言的著作，勢不能人人購買，故〈序〉能單獨流行，對於一般讀者自較方便也。此序排印時弟將略有增改，最好能先就初校本改動一次（報紙字太密不易改動），其中有些附註漏刊於文末，（是弟之疏忽）亦應改為一律。此事　貴社即可進行，不必待弟之另一計劃，該計劃尚須時日始能編輯成書，今暑是否有時間整理尚成問題也。上次信中弟不過順提一句，此刻尚無暇及之。又如編一思想史專書，則〈胡序〉亦當收入，不宜同時問世，或俟此小書問世後，過一時期再進行亦未為晚，西方亦多此例。故弟意不必與前信所云出書計劃同時進行。又《胡譜》似宜早日面世，固胡頌平先生已高齡，必欲早見其多年心血出版，似無必要等待胡先生誕日發行，出書後俟胡先生冥壽再舉行一次儀式，亦無不可，不知 兄以為然否？又〈胡序〉共五萬餘言，若正文排字用較大字體，注文用普通小字，則較適合年高者閱讀，且亦不致太單薄。但此亦不過弟偶然想及，供 兄參考而已，一切最後決定弟當尊重出版社規章也。

餘不一一。專此即頌

近安

弟英時上 五、廿六

又此小書如 毛、楊、胡諸公及 岳父雪公肯賜序言，極所歡迎，因諸老皆高齡，不敢相煩，乞 兄斟酌如何？再及

一九八三年八月四日

國瑞兄：

在台匆匆晤談，殊未盡意，返美後讀　大札，回台講學事弟一時恐無暇為之，但當另籌辦法從事中國文化與思想之發揚工作，已初步與海外友人商議及之，俟有成果，當再詳告也。

今寫此信蓋為張充和女士事。張女士是文學藝術名家，崑曲海內外幾可首屈一指，詩、詞、書法皆是上乘（問　家岳可知），她在國內與第一流文學家、書法家（如沈尹默、朱光潛、俞平伯、俞振飛、楊今甫、梁實秋等）均極熟，一生所見所聞，即是一部活的現代文化史，弟頗欲逼她寫回憶錄，但她生性太淡泊，不甚熱烈，最近美國史學界（李又寧等）來訪問她，所談不能深入，遠不如她自己撰寫，希望《聯合報》能支持弟之想法，逼她寫一系列自傳，必極為有趣而生動也。現在她將於本月十一日到台北過境（她的先生是耶魯同事，德國人傅漢思 Professor Hans Frankel，中文與中國人一樣）將住[redacted]，其時間為八月十一日至廿五日。如　兄對弟之想法同樣，可否設法在此期間與她連絡。（詳請可問岳父雪公）

餘不一一。專此敬問

安好

弟

英時上　八、四

弟

之出生時間為民十九、一月廿二日

收條簽字附上

一九八四年三月二十日

國瑞吾兄：

胡先生《年譜》序言終於完稿，拖得這樣久，非始料所及。一則弟今年有新課程，較忙碌，再則為胡《譜》寫序總不能太不嚴肅。所以我決定寫一篇綜論胡先生在近代思想史上地位的文章，這樣一來，就必須徹底研究一番不可。我想 貴社去年夏天為此鄭重請弟吃飯，總是希望弟能寫一篇與胡先生的地位及胡頌平先生巨著都能旗鼓相當的文字。此文原來還有一節（八千字）論年譜學的，但文成後，覺得太長，現已抽出，只留下論胡先生思想及其影響的一節（已三萬餘字）。此文寫得很不輕鬆。此中甘苦亦唯自知。胡先生生平牽涉面太廣（如政治），一不小心，就會引起爭議，甚至使 兄等為難。（凡胡先生生前最引起人情緒爭論的問題，弟文皆未詳及，僅閑閑一筆帶過，弟但從嚴格思想史觀點論其成就）此文所論是胡先生最有貢獻的所在（以弟所見），論胡文字太多，皆不得其平，弟此文所言則自信尚無人道及，因採取了一些較新鮮的觀點，材料雖然都是大路邊上的，這種新觀點卻可把舊材料貫穿得更有意義。文中如有不妥或不便之處（弟自覺已十分謹慎嚴格，但海內外尺度不同）請斟酌變動，但望告訴我一聲。若能由弟親校一次，則更好。附註近百條，弟寫時即以括號（）附於文內，排印時請費神改列每頁之旁或全文之後，以清眉目，至感至感。倘有括號內未加註號者（如前言中數條），可仍其舊，若出版社要取一律，則請編者費神可也。希望此文不致使胡頌平先生及毛公、楊亮老等太失望。若有時間可以讓他們先看看最好（包括岳父雪公在內），至少也可以一面排稿，一面以校樣分送他們幾位審閱，倘有不妥之處，即可指示修正之道，弟不但不介意，而且十分歡迎也。此文延稽時日弟十分不安，但 兄讀後即可知其苦衷所在，耶魯三月初有兩週春假，弟日夜趕工，最後兩夜寫到天明方始完稿，其緊張可見。

弟發現以前 貴社所寄贈航空稿紙已用光，若能寄些來，最為感謝，稿紙以三百字至二百五十字一張者最為宜，亦大小適於複印。此次所用稿紙太長，複印時須換特別 Xerox 紙才行。

最近檢點兩年來所寫論思想史文字，已逾十六萬字，暑假有空或輯為一冊，但此時無暇及此。聯經若有興趣當先由聯經考慮。弟之《中國古代知識階層史論》已被索盡，不知能由弟就自照作者價購買十本（平、精各半）否？前承贈中國文化叢書精裝一套，極精美，內容不平均，但大體是很難得的了。聽說台北近出版胡適書信及日記之類，若能為弟代購，最為感謝。

餘不一一。專此敬問

起居

弟英時頓首 三、廿

Yale University New Haven, Connecticut 06520

DEPARTMENT OF HISTORY

237 Hall of Graduate Studies

(203) 436-1282

國璋吾兄：胡先生《年譜》序言終於完稿，拖得這樣久，非始料所及。一則弟今年有新職務，較忙碌，再則為胡《年譜》寫序總不能太不嚴肅。所以我決定寫一篇綜論胡先生在近代思想史上地位的文章，這樣一來，就必須徹底研究一番不可。我想貴社去年夏天如此鄭重請弟吃飯，總是希望弟能寫一篇與胡先生的地位及胡頌平先生巨著都能襯托相當的文字。此文原來還有一節（八千字）論年譜本身的，但文成後，覺得太長，現已抽出，只留下論胡先生思想及其影響的一節（已三万餘字）。此文寫得很不輕鬆。此中甘苦亦惟自知。胡先生生平涉及面太廣（如政治），一不小心，就會引起爭議，甚至使兄等為難。（凡胡先生生前最引起人注意的問題，本文皆未詳及，僅用一二筆帶過，僅從嚴格思想史觀點論其成就）此文所論都是胡先生最有貢獻的所在（以前所見），論胡文字太多，皆不得其平，弟此文所言則自信為無人道及，因採取了一些較新鮮的觀點，材料組織都是大路邊上的，這種新觀點即可把舊材料安排得更有意義。文中或有不妥或不便之處（弟自覺已十分謹慎嚴格，但海內外人各不同）請斟酌變動，但先告訴我一聲。若能由弟親校一次，則更好。附註近百條，弟寫時即以括號（ ）附於文內，排印時請費神改列每頁之旁或全文之後，以清眉目，至感至感。〔偶有括號內未加註號者（如前言中數條），可仍其舊。若出版社要取一律，則請編者費神可也。〕希望此文不致使胡頌平先生及毛公、楊亮先生太失望。若有時間，可以讓他們先看看最好（包括岳父雪公在內），至少也可以一面排稿，一面以校樣分送他們幾位審閱，倘有

Yale University

DEPARTMENT OF HISTORY
237 Hall of Graduate Studies
P.O. Box 1504A Yale Station
New Haven, Connecticut 06520
(203) 436–1282

不妥之處，即可指示修正之道，弟不但不介意，而且十分歡迎也。此文近稿時日本十分不安，但 兄讀後即可知其若干所在，聯合三月初有兩週專欄，弟目前趕工，前後兩次寫到天明，方始完稿，出入難免。

弟等現以前 貴社所寄贈航空稿紙已用完，若能寄些來，最為感謝。稿紙以三百字至二百五十字一張者為宜，亦大小適於複印。此次所用稿紙太長，複印時須換特別xerox紙才行。

最近檢點兩年來所寫論思想史文字，已逾十六萬字，暑假有空或輯為一冊，但此時無暇及此。聯經若有興趣當先由聯經考慮。弟之「中國古代知識階層史論」已被偷矣，不知能由弟就自己作者價購買十本（平裝者）否？、容承贈「中國文化叢書」精裝一套，極精美，內容不平均，但大體是很值得的了。此說台北近出版胡適書信及日記之類，若能為弟代購，最為感謝。

順頌

[illegible]

起居

弟 英時 上

三、廿

一九八四年三月二十八日

國瑞兄：

「胡」文及補正函先後想已達覽。文成後重閱過，覺得對胡先生在史學考證方面的重要性尚嫌說得太少，尤其未能充分說明《哲學史大綱》何以震動一時，故草此「附錄」，以見胡先生承舊考證學者何在？他貢獻於新考證者又何在？此文請刊在全文之末，作為「附錄」一，則應幾可少一遺憾耳。

專此即請

大安

收到後乞　示知

弟英時上　三、廿八

一九八五年四月九日

國瑞吾兄：

大札早已奉到，欣悉《聯合報》已通過「星期論文」之議，弟久欲覆信，但最近一個月來東西兩岸會議甚多，弟疲于奔命，迄無暇細想此一問題，以弟所知，以前《大公報》「星期論文」有一特約撰稿人之組織，大致網羅多方面學有專長之學者，輪流撰稿，論文皆以專門學理與知識為根據，但亦與當前政治、文化、社會、經濟多種迫切問題有密切關係，並非「純學術」之作，可以說是以各種現代專門知識，應用於當前實際問題之分析、判斷、觀察等，但亦非直接對現實問題發言，故又能有超越性。今日胡適之、傅斯年、蕭公權諸家集中尚多有當年「星期論文」之存稿，可以參閱。但今天社會較之三十年代遠為複雜，故《聯合報》若欲重辦此專欄，必不可限于文史社會科學一邊，科學與技術方面也必須多方延致。故撰稿人名單仍只有請　兄就近與學術教育界人廣泛商洽決定，弟個人無法提出一完整名單也。弟六月中旬可能來台灣一行，約有七、八日之勾留，屆時或可以面談此事。

弟前為《聯合報》寫一文論文化問題，聞係吾　兄來電話所約，寄出後迄未得報館通知，但弟知此文已刊出，航寄《聯合報》航空版中則未見，不知是否有遺失（報紙常有寄失），若能覓得該日報紙，是否可請編輯部（專欄組？）補寄一份來？又報社寄剪報或通知書最好直接寄弟家中住址，因學校（耶魯）郵遞亦易誤事。弟曾有一經驗，重要信件竟始終未收到也。　貴報辦事一向極有效率，唯此次是一意外。文成寄出後竟如泥牛入海，想必有郵遞失誤之事矣。

今晨得　兄來電（弟每晚十一時以後必在家，以後若能於夜晚通話，必無問題，即台北中午左右，因弟慣于夜間伏案也，上午、下午皆不一定在家）。[redacted]又聞內人云：今晨　兄交弟之支票台幣四萬元（胡適書稿費？）現尚未支，此支票實以由內子交陳府處理，不知何以尚未兌取，已向陳府追查下落矣。

今晨又得丘彥明小姐來電，云願轉載近在香港《明報月刊》所刊之文，此文即據前《聯合報》之文重新增訂數千字而成，若《聯合文學》願轉載，弟無不同意之理，但斟酌是否有此必要，由啞［瘂］弦兄決定可耳。

餘不一一。專此即問

大安

弟余英時上　四、九

一九八五年十一月二十七日

國瑞吾兄：

六月一別迄將半載，今年弟教學工作較忙，未能撰稿應　貴報之需，頗以為愧。其中最大原因厥為全力撰寫《中國近世宗教倫理與商人精神》一篇專門研究性論著。此題雖在台北講過，大綱亦見　貴報，但認真寫成則太費時，因必須語語有據，推理精嚴，始可與人相見也。此稿昨日方寫成，共十萬言，近數年來最費心血之作無過於此。自信可為思想史研究闢一新路。因美國《知識份子》要以此文為中心，播其影響於海外及大陸，故決定於一九八六年元月號將全文一次刊出（約佔全刊三分之一），並輔以其他各家之有關同一問題之短篇，故此期即是以拙文為主之「專號」也。但《知識份子》不能入台，國內讀者無從獲見，故弟意欲請聯經將此書印成專書單行，此稿另郵寄上，其中小有增添，並擬加上六月所寫〈韋伯觀點與儒家倫【理】序說〉一篇（曾在《時報》刊出）作為附錄，故與海外版亦不盡同。不知　尊意如何？能及早著手否？附註一百七十餘條，照以前辦法（如《中國知識階層史論》）分散在有關各頁，最便讀者。乞恕此過分要求，因註中有討論，分開在全文之後便易被讀者忽畧耳。

又關於在聯經印論文集事，弟現已改變計劃，擬出版一部純學術性著述，包括上述專論在內，題為《中國文化與中國思想》，並擬將《胡適》及在時報出版公司所單印之《中國文化現代意義》一小冊亦收入。如此則全書有一系統。（共論文十篇，見另紙目錄，約在三十四、五萬字。）弟意《胡適》與《倫理》兩小書單行，與合集並不衝突，且相得益彰。其餘數篇通論則擬另作打算。此事如荷同意，乞速示知為感。如有業務上困難，則乞直告，弟決不介意也。（《胡適》與《倫理》兩書皆可不另計酬）

餘不一一。專此問

安

弟余英時上　十一、廿七

前得貴社寄來整理目錄一份，久未復者，即以此事有改變之故。又及

附告兩事：

①近為《明報月刊》寫一文論西方思想的新趨向，約七千五百字，不知合　貴報專論之用否？如合用，當寄一份來，同時刊出。請　見示。否則弟將別作處置也。

②前《聯合文學》所寄航空稿紙，最合用（大而清楚），已用完，可否多寄些來？又及

Yale University

Department of History
P.O. Box 1504A Yale Station
New Haven, Connecticut 06520-7425

Campus address:
237 Hall of Graduate Studies
320 York Street
Telephone:
203 436-1282
436-0836

國瑞吾兄：六月一別，匆將半載，今年中教學工作較忙，未能撰稿應貴報之需，殊以為愧。其中最大原因厥為全力撰寫「中國近世宗教倫理與商人精神」一篇專門研究性論著。此題雖在台北講過，大綱亦見貴報，但認真寫成則太費時，因必須論之有據，推理精嚴，始可與人相見也。此稿昨日方寫成，共十萬言，近數年來最費心血之作無過於此。自信可為思想史研究闢一新路。因美國《知識份子》之要以此文為中心，擴其影响於海外及大陸，故決定於一九八六年元月号將全文一次刊出（約佔全刊三分之一），並輔以其他多家之有關同一問題之短篇。故此期即是以拙文為主之「專号」也。但《知識份子》不能入台，國內讀者無從獲見。故本意欲請聯經將此書印成專書單行，此稿另郵寄上，其中小有增添，並擬加上六月所寫「韋伯觀點與儒家倫理說」一篇（曾在中時報上刊出）作為附錄，故與海外版亦不大同。不知尊意如何？能及早籌印否？附注一百七十餘條，照以前辦法（如《中國知識階層史論》之）分散在有關各頁，最便讀者。乞照此道分要求，因注中有討論，分開在全文之後便易被讀者忽略耳。

Yale University

Department of History
P.O. Box 1504A Yale Station
New Haven, Connecticut 06520-7425

Campus address:
237 Hall of Graduate Studies
320 York Street
Telephone:
203 436-1282
436-0836

又關於《聯經》印論文集事，弟現已改變計劃，擬出版一部純學術性著述，包括上述專論在內，題為《中國文化與中國思想》，並擬將《胡適》及在時報出版公司所單印之《中國文化現代意義》一小冊亦收入。如此則全書有一系統。（共論文十篇，見另紙目錄，約在三十四、五萬字）弟意《胡適》與《倫理》兩小書單行，與合集並不衝突，且相得益彰）。其餘數篇通論則擬另作打算。此事先得同意，已速示知為感。如有業務上困難，則乞直告，弟決不介意也。（《胡適》與《倫理》兩書皆可不另計酬）

順頌　年禧

安

弟 余英時 上

十一、廿

前得 貴社寄來整理目錄一份，久未復者，即以此為有改變之故。　又及

附告兩事：①近為《明報月刊》寫一文論西方思想的新趨向，約七千五百字，不知合 貴報專論之用否？如合用，當寄一份來，同時刊出。請 見示。否則另將別作處置也。

②前《聯合文學》之航空稿紙最合用（大而清楚），已用完，可否多寄些來？　又及

一九八六年四月三十日

國瑞吾兄：

久未通函，為念。茲有一要事相懇。黃仁宇先生為名史學家，其中英文著作有關明清經濟史者早已蜚聲國際。近年來黃先生雖提早從教授職位退休，但仍努力研究不懈。彼近年來曾與弟相商，欲撰一專書，研討西方資本主義與中國近代史之關係。此題極為重要，又適與弟最近將在聯經刊行之著作有關，故弟極力慫恿黃先生向　貴基金會申請研究費，以便全時安心從事於此。此書寫成，必可為中國史學及資本主義問題奠定一新基礎，其將影響於中國學術界者甚大。黃先生與弟相識已逾二十五年，素敬其治學之精進不已，見其大而不遺其細。故弟極望　兄全力成全此舉，非出於與黃先生私交之故而進言也。　黃先生所需不多，此計劃若由美國學者向此間基金會申請，其數目當三、四倍於此，今黃先生僅要求獲得每年一萬美金之支持，兩年完全計劃，以弟之見，實在值得　貴基金會之嚴肅考慮也。弟向不妄荐，此意如荷　兄瞭解，乞即為轉基金會申請如何？　黃先生文件寄來已多時，弟因事忙，誤以為已寄出，今始發現尚在辦公室其他文件中，實在十分歉然。故只好請　兄轉促基金會早日討論此案並儘速以結果見示，俾弟可早日向黃先生交待。不勝感謝之至。
專此敬問
安好

弟
余英時上　八六、四、卅

Yale University

Department of History
P.O. Box 1504A Yale Station
New Haven, Connecticut 06520-7425

Campus address:
237 Hall of Graduate Studies
320 York Street
Telephone:
203 436-1282
436-0836

國璐吾兄：

久未通函，為念。茲有一要事相煩。黃仁宇先生為名史學家，其中英文著作有關明清經濟史者早已蜚聲國際。近年來黃先生雖提早從教授職位退休，但仍努力研究不懈。彼近年來曾與弟相商，欲撰一專書，研討西方資本主義與中國近代史之關係。此題極為重要，又適與弟最近將去聯經刊行之著作有關，故弟極力慫恿黃先生向 貴基金會申請研究費，以便全時專心從事於此。此書寫成，必可為中國史學及資本主義問題奠定一新基礎，其將影響於中國學術界者甚大。黃先生與弟相識已逾二十五年，素敬其治學精進不已，見其大而不遺其細。故弟極望 兄全力成全此事，非出於與黃先生私交之故而進言也。 黃先生所需不多，此計劃若由美國學者向此間基金會申請，其數目當三、四倍於此。今黃先生僅要求獲得每年一萬美金之支持，兩年完全計劃，

Yale University

Department of History
P.O. Box 1504A Yale Station
New Haven, Connecticut 06520-7425

Campus address:
237 Hall of Graduate Studies
320 York Street
Telephone:
203 436-1282
436-0836

以弟之見，實在值得 貴基金會之嚴肅考慮也。弟向不妄薦，此意尚荷 兄曉解，並即為轉基金會中諸友何？ 黃先生文件寄來已多時，弟因事忙，誤以為已寄出，今始發現尚在办公室其他文件中，實在十分歉然。故亦略請 兄轉促基金會早日討論此案，並促速以結果見示，俾弟可早日向 黃先生交待。不勝感謝之至。

專此敬問

安好

弟余英時上

八六、四、卅、

一九八六年五月十五日

國瑞先生：

前為黃仁宇先生事曾寫信與　兄，想已收到。拙作《中國近世宗教倫理與商人精神》一書初次校稿已由弟詳作校對寄回聯經編輯部。該校樣尚多錯誤（英文尤多），故弟尚須再校一次。前數日收到《明清徽商資料選編》一書，近月始出版，收有有關商人材料極多，且多為外間所難得一見之孤本或善本書，於弟此書關係頗大，故前兩日細閱一過，擇取其中最有關係之資料多條增補入本書，如此拙作之證據更為充實，可立於更堅實之基礎之上，增補所及須牽動初稿數十頁（複印共十五頁），茲以所留影印校樣，用紅筆增添（亦間有用藍筆者），此不免又費編輯者之神，代為一一補入。因弟誤置原編者之信，忘記姓名（似是林先生），只好麻煩吾　兄將此增改之稿轉交聯經編輯部，請該部將前後兩次增改部份完全改妥後，寄完稿與弟再校一次。此最後一稿必由弟親校始可付印。前此弟初校較費事，因必須核查原文，以後再校則必可於一、二日改完寄返編輯部，不致延誤出版也。弟七月底將來台北開院士會，八月初旬離開，希望屆時此書可以問世，不知趕得及否？

餘不一一。專此敬問

安好

弟
英時上　五、十五

一九八七年八月七日

國瑞吾兄：

遷居普林斯登已兩月，因初搬家事忙，遷延至今未函吾　兄問好，乞諒。前數週普大同事王秋桂君返台北，行前囑弟寫一短箋介紹王必成兄，商洽聯合報系研究會與普大合作之可能，故匆匆草數行囑王秋桂君攜去，今得必成兄函，知已見面矣。此事尚乞　兄鼎力助成也。茲有一事相告，拙作《中國近世宗教倫理與商人精神》一書，頗得日本同行注意，昨得島田虔次教授（前京都大學文學院長）來函，告知日本最大出版社之一「平凡社」有意譯為日文，甚望聯經可以同意授權，弟復函答以當無問題，故擬乞　兄注意此事，若平凡社來信詢問，請早日作覆應允為感。此事尚在接洽譯者中，是否實現亦未可知，但宜早告知吾　兄，以免萬一有信相詢時或感突然耳。弟十二月底或回台北一行，屆時當圖暢晤，

專此敬問

安好

弟余英時上　八七、八、七

尊體想已完全復原，乞珍攝。　嫂夫人問安

又去年八月弟曾為家母訂《聯合報》航空版一份，即將到期，請再續訂一年。訂費乞　示知美金數字，當即寄上，至感至感。又及

《聯合文學》、《中國論壇》等如續賜寄，乞代為改用新址，為感。

一九八七年九月二十二日

國瑞吾兄：

前數日曾托《世界日報》張作錦兄以電傳方式寄上〈廣乖離論〉，此文專從歷史記載出發，討論與今天最有關係的探親及通商等問題，因涉及南北朝及宋代兩個時代，故頗事翻檢之勞，但不知合用否？如不合報章之用，弟當另行處理，乞勿客氣或勉強為幸。

茲因林海峯在紐約參加名人賽，《民生報》及沈君山兄均力約弟寫一短篇觀戰記以為彼打氣。他第一局雖敗，以後尚有六局，但大有可為。且林君渾厚誠摯，足為今日青年模範，故弟勉強於宴彼之後草成一短篇，文中所云確屬內心實感，非敷衍文字，此文亦托張作錦兄轉致，未知已到否？茲寄上另一副本，乞在《聯合報》（或《民生報》）刊出，以廣流傳，並激勵林君之士氣。此文有時間性，務乞早日處理為感（本月底，名人戰第二局舉行）。如有不便，乞以此文交沈君山兄，由彼另行設法為感。

專此即請

近安

弟余英時上　九、廿二

一九八八年九月二十日

國瑞吾兄大鑒：

八月間去台北晤談甚快，後在新加坡聞　兄已卸却《聯合報》總編輯重任。吾　兄雖能者多勞，但亦不宜過於勞累，此次辭去日報兼職實為得計也。弟已於九月十一日返美，現普大已開學，故稍忙碌，大約兩三週之後即可上軌道。

此函主要想與　兄續商兩事：

一、在台北時曾以王文生教授（大陸武漢大學中國文學教授）履歷一份奉陳左右，昨日晤王先生，彼知聯經肯以預付稿費方式支持彼在美生活，殊深感激，彼云正寫先秦文學理論一書，已成若干章，大約一年內必可有清稿寄上。又據同事高友工教授（普大文學教授）言，王先生文稿一部分彼曾過目，學術價值甚高，故弟以為聯經支持王先生絕非片面虛擲金錢，而實為公私兼顧，為中國保存讀書種子之最好辦法。王先生夫婦二人，每月生活費最低為一千美金（彼之房租約五百元，醫藥保險百餘元，僅餘三百餘元之生活費而已）。弟已請王先生親自向吾　兄陳明近況及需要，想可與此函同時收到。王先生不但學問好，人品亦高潔，牟復禮教授亦深敬其人，並設法與彼申請美國國家人文基金會獎金，但以競爭過於激烈，成功希望甚小，不得不寄望於聯經也。

又為王君續留普大之方便起見，此一支持若能由台北聯經基金會或美國新亞基金會來一公函與王君，說明明年（一九八八—八九學年）獎助研究費美金一萬二千元，則普大可給予王先生以 Research fellow（研究員）名義，此點與王先生繼續留居美國有關，此一公函（可用中文）大有用處，實質上仍是稿費預支，務乞考慮後見復，感同身受也。

二、王震邦兄在新時曾與　兄通電話，商量取得北京中共所藏胡適之先生書信日記等出版權一事，聞已得　兄大致同意。大陸因經費困難，一時無法請款從事此一整理工作，龐樸先生慨允協助，促成其事，但願聯經方面予以財力上的支持。茲得龐樸先生來書，云已決定由社科院中國近代史研究所耿雲志先生負責整理，耿君並有「胡適存稿內容要目一份」，內容實甚重要而豐富（共六百萬字），耿君擬整理成十冊，於九〇年底完成，龐先生建議，此十冊繁體字出版權讓與聯經（大陸保留出簡體字版權），照台灣時價收購此版權，並預付部分價款，以便他們開始工作。弟甚盼此事能順利完成，不知聯經可依此條件出價否？　兄估計此十冊書版權多少？可預付幾成？乞早日裁奪見示，以便弟再與龐先生取得進一步聯繫。「要目」一份附上，可見內容一斑。

以上兩事乞　兄早日見示為感。

專此敬問

安好

弟余英時上　八八、九、廿

一九九一年十一月一日

國瑞吾兄：

久未奉候為歉。前次所商之事，弟始終不安。　惕老在紐約時曾招宴，得暢聚。本欲請　惕老來普城，內子親下廚為　惕老補祝壽，不巧弟十月十八日須去康乃爾，返普大後再電孟玄兄，則　惕老已回台北，不勝悵悵。弟為　惕老支援大陸學人事，時時於心不安，思有以報之，後與內人相商，忽得一主意，寒家舊藏清宗室弘旿（乾隆堂弟，號瑤華道人，以畫名，見《清史稿》卷二二〇〈諸王六〉）〈平遠山川〉卷。原在內府，宣統逃離長春時流出，先父時在長春，故得購入，在寒家已將五十年，此卷名為「平遠山川」，且古人云觀賞書畫可以延年益壽，故決計以此卷獻之
惕老，本欲俟　惕老來普城時面呈，現既不巧，未能如願，故特托黃進興先生返台北之便面交吾　兄，乞代鄭重面呈
惕老，務請　惕老賞臉收留，此卷之真，決無問題。先父購時弟亦侍立在側，屈指四十五、六年矣，此卷後又經專家看過，若有問題，則決不敢贈人也。此舉純乃弟與內子一片至誠。秀才人情紙一張，適可說明此時情形，但寒家可以奉贈　惕老而稍有意義者唯此區

區區之文物耳。餘不一一。敬祝
安好

弟英時上　九一、十一、一

一九九四年十月六日

國瑞吾兄：

前承寄錢賓四師郵票，十分感謝。又承社中寄來稿紙，尤感　費心。弟近年來最喜「聯經出版公司稿紙」，字數（三百）與厚度皆宜，此次所寄有一大包係航空薄紙，複印時不甚方便。不知能另寄較厚者否？貴社稿紙必有可售與作者之用者，弟多年來「揩油」太多，心甚不安，務請照售價在版稅中扣除，或告知價格由弟寄還紙價與郵費，千萬勿再客氣，此是公事公辦，吾　兄必能俯允也。

頃聞　惕老小恙，特寫一短箋，尚乞先為轉致。此函與致　惕老函，除先傳真外，另行寄上。餘不一一。敬問

安好

弟英時上　十月六日

一九九七年十二月七日

國瑞吾兄：

前通電話，甚慰遠懷。聞　兄近曾有一小手術，一切想已復原，健康如舊，特寄奉卡片一張，乃弟與內子淑平同祝　兄長保　尊體佳勝之微意，即以代新年賀片。

承囑為胡楊通信寫序，不久即當著筆，但近來事忙，恐祇能寫三千字上下左右，若稱情而書，必下筆不能自休也。

關於胡適年譜補編事，弟與內子近數年來確讀了不少材料，但不意材料過多（大陸遺文即四十餘大冊），遠非當年承諾時所及見，而弟又苦於他事，致久久未能動手，甚歉。

最近忽思得一解決之道，比內子親自動手更完滿，即弟之同事周質平先生多年來研究胡適極勤，當代無人過之。近返普林斯頓，弟曾與之相商，由他增補成書，弟願以所知與之時時商榷，並擬定增補訂正之體例，此書將由周質平先生承擔全責，弟願為幕後參議，不出名，亦不動筆，但將知無不言。如此弟之夙願可償，而於　兄處亦可稍減內疚之情，想　兄必以此議為然，並喜弟推荐之得其最佳人選也。周先生年富力強，創造力尤在發揚時期，弟必知其可以勝任愉快也。儻　兄以為然，不知能煩　兄儘早與周先生面談商定否？周先生現在台北從事胡適研究，大約耶誕節前返美渡假，乞即早與電話連繫，至感至感。（周先生已面允弟承擔此事，並云　兄知其台北電話）。餘不一一。專此敬祝

年禧

嫂夫人問安

弟英時上　十二、七

一九九八年一月三日

國瑞吾兄大鑒：

年前承囑為胡楊來往書信集寫序，因事忙未能早日著手為歉。年底至今年元旦適旅行去Colorado州之名城Colorado Springs，在旅館中完成此序，亦足資紀念也。此城即梁實秋、聞一多當年讀書之地，梁寫《談聞一多》小書，稱之為「珂泉」者也。

此序為書信集提供背景，敘兩人交遊始末，頗利用二公日記（楊的日記未刊，亦未整理，弟僅偶見其中一部分，故不能多引用），寫成後覺得用「論學談詩二十年」為題，比較合適，不知　兄以為如何？弟因不清楚書信集的正式名稱，故未加副題，　兄如以為必要可以上副題，為

——序《胡適、楊聯陞……集（？）》。

此序特托周質平先生攜至台北，以「限時專送」奉上，可以快一點，或不致太延誤全書出版。楊夫人正在為楊先生編一詩集（編年詩集），編成後當先寄　兄一看，願否出版。特此先達。

即祝

年禧

此序若弟有機會一閱最後校樣則更佳（傳真即可）傳真號：[redacted]

弟余英時敬上　九八年元月三日

二〇〇二年二月二日

國瑞兄嫂：

接獲賀片已久，我們因為想過中國新年，所以遲至今日始覆，敬祝

兄嫂在馬年萬事如意，吾　兄則是「老驥伏櫪，志在千里」。

去年十一月回台北，得蒙　兄盛情厚待，有一晚之歡聚，至今猶感念不已。歸來後仍忙於結束《朱熹的歷史世界》一稿，已近四十萬言，大約一、二星期內可全部殺青，附告以慰　兄遠道關注之意。稿紙已收到，當留為寫唐代高僧與詩人一稿之用，大約須再過半年，始能結束現有文債（多為英文債），另起爐灶也。弟及內子身體尚頑健，此次在台北見吾　兄精神矍鑠，尤為欣慰，尚乞勿過勞為幸。七月初大約將來台北參加院士會，屆時當再趨謁。餘不一一。敬祝

春禧雙安

弟余英時
陳淑平　同敬賀　二〇〇二、二、二

必成兄嫂一賀片，乞代轉致，多謝多謝。

二〇〇三年十二月二十一日

國瑞兄嫂：

Season's Greetings

弟余英時 陳淑平 同敬賀 2003年底

接賀片至感遠道相念之意，弟等皆粗安乞 釋懷，遙想兄嫂必康健如昔。尚乞 珍重為禱。弟近來皆在整理中英文舊作中，新構想之書，一時尚難下筆，必先廣讀一、二年始敢動手也。不久或先整理一舊文集供 兄參考。餘不一一。敬祝

新年萬事如意

又及

二〇〇六年一月二十四日

國瑞兄：

去年先後在華府國會圖書館住了半年，稍讀唐代佛教史與詩文，但因圖書館研究中心照例請訪問學人作公開講演，所以也不能完全集中精力做自己的事。此次在華府大體言之是很愉快的日子。弟於唐代宗教與文學方面尚需長期閱讀，一時尚不能動手寫文字。知注謹聞。目前正整理英文文章出版，普大出版社早已寄來清稿，因忙於他務，兩三年皆未校閱，以下數月當用力於此也。

兄嫂體況必佳，務乞　珍重

弟英時附言　〇六、一、廿四

二○○六年十一月二十八日

國瑞吾兄道鑒：

近日屢得在電話中承　教，至以為慰，茲有一點想法，經深思熟慮而得之，亦得內人淑平熱烈贊同，向　兄鄭重提出，務乞　俯允，並助弟完成一極誠摯之心願。此次為《顧頡剛日記》所撰序言，及另印單行本，弟擬獻於　王惕老在天之靈，不受稿酬及單行本版稅，此書版權全部讓給聯經公司，即以此函為憑。如聯經另有法律合同，需弟簽字，請寄版權轉讓（贈送）文件，弟必立即簽字後寄上，以完備法律手續。弟此意極誠極堅，務請　兄垂鑒。無論如何，弟決不收任何酬報，如聯經寄來弟亦只可退回，如此往復，大可不必。弟之微意，請　兄體諒，此即昔人所謂「秀才人情」，殊不足道，然在弟則等於向　惕老墳前燒一炷香也。　餘不一一。敬祝

大安

弟余英時敬上　○六、十一、廿八

國瑞吾兄道鑒：

近日屢得來電話中承 教，並以為慰，茲有一點想法，經深思熟慮而得之，亦得內人淑平熱烈贊同，向 兄鄭重提出，務乞 俯允並助弟完成一種誠摯之心願。此後為了顧頡剛日記之所撰序言，及另印單行本，弟擬獻於 王惕老在天之靈，不受稿酬及單行本版稅，此書版權全部讓諸聯經公司，即以此函為憑。如聯經另有法律合同，需弟簽字，請寄[illegible]轉讓（贈送）文件，弟當立即簽字後寄上，以完備法律手續。弟此意極誠極堅，務請 兄垂諒。無論如何，弟決不收任何酬報，如聯經寄來，弟亦只有退回，或代捐獻，大可不必。弟之微意，請 兄體諒，此即古人所謂「秀才人情」，雖不足道，然在弟則等於向 惕老積欠之一種債也。 餘不一一敬頌

大安

弟余英時敬上

〇六、十一、廿八

二〇〇七年二月十五日

國瑞鄉兄台鑒：

昨日得　兄電話，傳必成、必立兩兄語，甚感甚感。惕老雖仙逝多年，其溫厚長者之形象常存於弟及淑平心中。猶憶及六四以後　惕老之古道熱腸，慷慨解囊，為大陸流亡學人與學生安頓生活之種種義行，實感人太深。弟捐贈區區稿酬與聯合報系文化基金會，微不足道，不過略表一點不忘大德之心意而已。至於　惕老對弟與淑平之厚愛，則更永銘在心也。必成、必立兩兄道謝，徒使弟與淑平慚愧而已。

今值農曆新春即至，特假此良辰，敬祝

兄嫂萬事順心，尊體康泰。附寄去年受獎會節目印本一份，代作賀片，亦聊存紀念之意。又照片兩張：一為弟講演留影，一則當晚宴會上的鮮花，甚美觀，兼「花好月圓人壽」（是晚農曆十月十五，月正圓）的頌禱之忱，乞　賜納。

另兩份則請　兄轉致　必成、必立兄嫂，照片背後有題字，當不致混淆也。餘不一一。敬頌

年禧

弟英時
淑平　同上　〇七、二、十五

二〇一二年二月七日

國瑞兄
漢鎂嫂：

今年壬辰，即中華民國建立百年紀念，實是大喜事，弟與　兄同升為「叟」（來片語）亦當之無愧，我們兩「叟」如何「以利吾國」是不可以放棄之責任也，一笑。

弟余英時
陳淑平　同賀　壬辰正月

二〇一二年五月二十二日

國瑞老兄台鑒：

黃秋岳對聯一副、《花隨人聖盦摭憶》「補編」與「條目」（上海古籍，一九八三）都由內人在城中複印店印就，特以快郵掛號寄上。

對聯（集詞名）極長，複印亦甚精，但不知能編入書中否？因太長，故上下二聯都必須分段為之，請　兄囑人在印刷時聯為上下二整條，當不難也。

因急於寄出，不多寫了。敬請

安泰

嫂夫人問安

弟余英時手上　二〇一二、五、廿二

陳淑平附候

二〇一五年二月十二日

國瑞鄉兄
漢鎂嫂夫人：

甲午歲暮，乙未新春將至，謹向兄、嫂致最誠摯祝賀。二〇一四年九月間返台，承隆重款待，並得暢談，無任感謝，也不勝欣喜。歸來後，因即須通過電視直接與香港母校（新亞）作校慶講演，旋又有普林斯頓校方為弟慶賀獲漢學獎，忙得不可開交，致未早日致書向兄嫂道謝致敬，乞諒為幸。祝
新歲康健，萬事如意。

弟 余英時
陳淑平 同叩賀 二〇一五、二、一二

二〇一七年一月二十五日

國瑞兄
嫂：

敬賀

雞年大吉！

「二老」不能面晤，唯隔洋相思而已，懷念之忱則無時不在。奉上近照一張為賀，此是英時收到英文新書兩冊時所攝。

弟 余英時
陳淑平 敬上 二〇一七、一、廿五

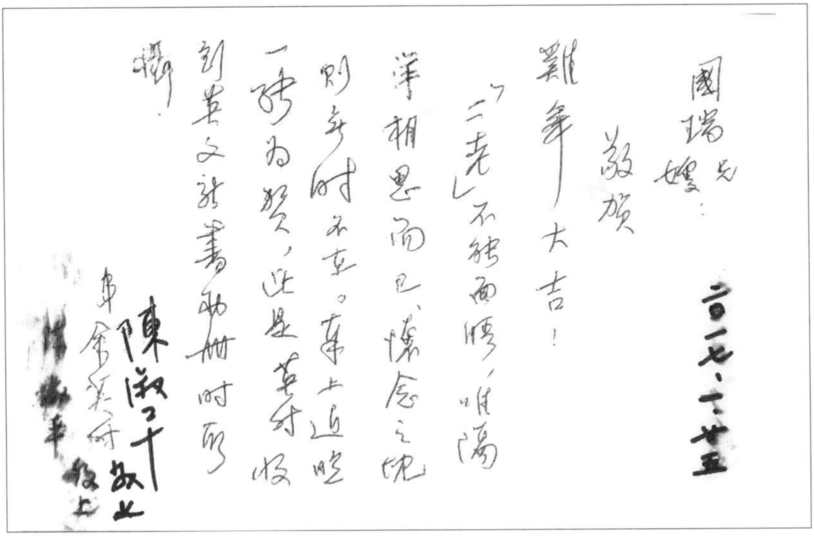
國瑞兄嫂：
敬賀
雞年大吉！
「二老」不能面晤，唯隔洋相思而已，懷念之忱則無時不在。奉上近照一張為賀，此是英時收到其文新書兩冊時所攝。
余英時
陳淑平 敬上
二〇一七、一、廿五

二〇一七年十二月二十八日

國瑞兄
嫂：

敬祝

新年萬事如意！

弟余英時
陳淑平 同拜

Dec · 28, 2017

國瑞鄉兄：

頃奉來片，不勝之喜。兄已不在辦公室，此情與弟亦相似。弟三數年來已是足不出戶，友好交往亦極有限，偶通音問而已。平日則讀閑書自娛，學術論著已不能亦不敢問津矣。與兄相交已將五十年，每一思及，便是生平之幸，隔海相念，敬乞保重！

弟英時敬上

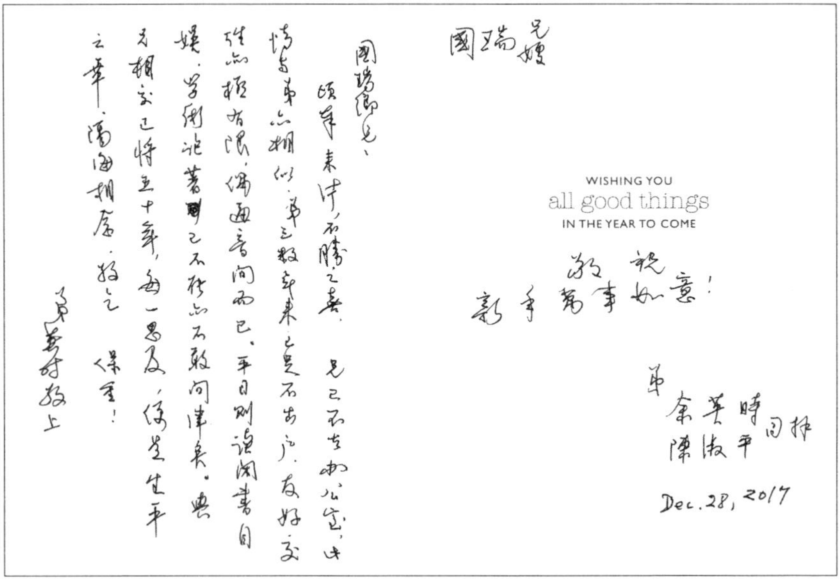

國瑞仁兄：

頃奉來信，不勝之喜。兄已不去辦公室，此情與弟亦相似。弟已數年來足不出戶，友好交往亦極有限，偶通音問而已。平日則讀閒書自娛，學術論著則已不能亦不敢問津矣。與兄相交已將五十年，每一思及，深慶生平之幸。隔海相念，務乞 保重！

弟 英時 敬上

國瑞 兄嫂

WISHING YOU
all good things
IN THE YEAR TO COME

敬祝
新年萬事如意！

弟 余英時 陳淑平 同拜

Dec. 28, 2017

二〇一九年十二月三十日

國瑞兄
嫂：

欣奉十二月五日賜賀年卡，十分高興。兄長弟數歲，健康極佳，行文與書法仍清晰而有力，至以為慰。

兄不再去辦公室，在家享清福，此是早當施行之老年人生也。弟時年八十九，承聯經老友提前賀弟九十，受之有愧。此事兄長必為極力促成之一人，感謝之至。敬祝

新年大吉

弟英時敬上　十二月三十日
陳淑平附候

1930
年代

何佑森
梁從誡
高國平
金耀基
陳方正

致何佑森函——

一九六〇年七月二日

佑森吾兄：

不見忽已數年，弟病懶未有函候，想荷　鑒諒。讀　兄在學報發展論文多篇，足見用力之勤，近與　賓師數有晤面之機，每見面亦必談及新亞近況，藉知　兄已在國文系教課，成績甚佳，更慰遠懷。弟在美數年治學雜而無所成，以視新亞舊友，實不勝其愧怍，明年暑期決定回港，自知殊不足以為人師，不過欲藉教學以自勵而已。　賓四師云　兄與羅球慶兄同有於明春來哈佛就讀之意，並已與此間楊聯陞教授有所商洽，囑弟將哈佛申請書寄上二份。弟於上週走訪此間入學辦事處，據答復必須申請者本人直接寫信至該處索取，他人不能代寄。故盼　兄等得弟書後，遞函 Admissions Office, Graduate School, Harvard University, 24 Quincy St., Cambridge, Mass，自可得具體之結果也。時間已匆迫，務乞早日動筆是盼。　又陳啟雲兄是否決心來此？弟甚盼其能於八月尾或九月初趕到，以便早覓住處，安頓行裝，便中乞一詢為感。　賓四師夫婦已於七月一日離新港，現去紐約，去美尚有月餘旅行。知注特聞，餘不一一。即頌

夏安

弟余英時頓首　七、二

佑森吾兄：

不見忽已數年，弟病懶未有函候，想蒙鑒諒。讀兄在學報發表論文多篇，足見用力之勤。近與賓四師猶有時函札往來，每見函必談及兄近況，藉悉兄已在國文系執課，成績甚佳，更慰遠懷。弟在美數年治學雜而無所成，以視新亞舊日友輩，不勝其慚怍。明年暑期決定回港，自知殊不足以為人師，不過弟藉教學以自勵而已。賓四師云兄與羅慶琳兄同有於明春來哈佛就讀之意，並已與此間楊聯陞教授有所商洽，屬弟將哈佛申請書寄上二份。弟於上週已找此間大學辦事處，據答復如須申請者本人直接寫信至該處索取，他人不得代寄。故兄等所需書信速函 Admission Office, Graduate School, Harvard University, 24 Quincy St., Cambridge, Mass.，自可得其他之詳細情形。時間已無多，務乞早日動筆為盼。

又陳耀雲兄是否果以來此？弟甚盼其能於八月底或九月初趕到，以便早覓住處，安頓行裝。信中乞一詢為感。賓四師夫婦已於七月一日離港，現在經紐約，在美當有月餘旅行，共住時間約為一月，即頌

夏安

弟余英時 上

七、二

一九六二年九月四日

佑森兄：

離康橋前，得兄一信，不及復。弟現正在去密大途中，寫此片時係在去瀑布城內之火車站上，此遊雖甚樂，但若得與　兄同行，必更增情味也。草此以達相念之意。

弟英時　九、四

到密大後，當再有詳函。

致梁從誠函——

一九八六年六月六日

從誡先生：

久仰　先生為中國知識界的前途而努力的精神，今觀任公先生之家風歷久而彌新，曷勝欣慰。前兩年曾輾轉托人詢問　先生有無令祖家書，湯志鈞先生遊美時亦曾詢及，近始得知　先生處確有未發表信件，不勝興奮。爰近三年來內子陳淑平與美國教授合作，擬將任公先生《年譜長編》中所轉載家書全部譯成英文，然後再整理編纂出版。此項工作大致已近完成，但《年譜》所載仍屬有限，且以與時局與政治為主，而此項計劃之重點則在求瞭解任公先生之家庭生活及對子女之教育，故《年譜》中家書不足以說明「私生活」方面的情形。任公先生有理想、有學識，又富於情感，在近代偉人中殊為少見。今欲發潛德之幽光，表彰任公先生之全幅人格，必不能不在未發表家書中求之。弟對此計畫雖並非直接參與，但亦自始即從旁協助，故不得不請

先生鼎力協助，以完成此一極有價值之工作。若蒙

先生慨允，將有關家庭生活及家教之書信影印寄下，則不勝感激，所有印費、郵費皆由弟

負責償還。弟並可保證在國內未發表之前，決不將中文原文在海外印出，所印者將限於英譯本，如此可無妨於　先生之版權也。不知此意蒙　先生同情否？且英譯本出版亦當在兩三年以上，或不致與國內編印任公全集有何衝突。

先生何時能來美一遊，甚盼能晤談。

匆匆專問

安好

弟余英時上　八六、六、六

Ying-shih Yü

Yale University

Department of History
P.O. Box 15043 Yale Station
New Haven, Connecticut 06520-7425

Campus address:
237 Hall of Graduate Studies
320 York Street
Telephone:
203 436-1282
436-0836

從誠先生：久仰 先生為中國知識界的前途而努力的精神，令祖任公先生之家風歷久而彌新，益勝欽佩。前兩年曾輾轉託人詢問 先生有無令祖家書，湯志鈞先生遊美時亦曾詢及，近始得知 先生處確有未發表信件，不勝興奮。最近三年來內子陳淑平與美國教授合作，擬將任公先生之年譜長編之中所輯載家書全部譯成英文，然後再整理編纂出版。此項工作大致已近完成，但年譜之所載仍屬有限，且以與時局與政治為主。而此項計劃之重點則在求瞭解任公先生之家庭生活及對子女之教育，故年譜之中家書不足以說明「私生活」方面的情形。任公先生有理想，有學識，又富於情感，在近代偉人中殊為少見。今欲發潛德之幽光，表彰任公先生之全幅人格，必不能不在未發表家書中求之。弟 對此計劃雖非直接參與，但亦自始即從旁協助，故不得不請 先生鼎力協助，以完成此一極有價值之工作。若蒙

Yale University

Department of History
P.O. Box 1504A Yale Station
New Haven, Connecticut 06520-7425

Campus address:
237 Hall of Graduate Studies
320 York Street
Telephone:
203 436-1282
436-0836

先生賜允，將有關家庭生活及家教之書信影印寄下，則不勝感激。所有印費、郵費皆由弟負責償還。弟並可保證在國內未發表之書信決不將中文原文在海外印出，所印者將限於英譯本，當此可無妨於先生之版權也。不知此意蒙先生同情否？且英譯本出版亦當在兩三年以上，或不致與國內編印任公全集有所衝突。先生何時能來美一遊，甚盼能晤談。匆匆專問

安好

弟余英時上

八六、六、六

致高國平函——

一九九八年八月十四日

國平先生：

事忙未及早寫小序，甚歉。序文原稿亦可作「手迹」用。另附影本一頁（原迹太淡），供採用。小傳即用影印資料。我又補了在哈佛與耶魯的時代。題簽橫直各一，請　先生決定。同時寄上陳寅恪書一冊，乞轉傅杰先生，以謝他選摘之勞。先生如需此書乞　告我，另由台北書店直接平郵寄奉。航寄太貴也。　先生為我費心勞神，感激之至。

明日去歐洲，九月初回美。匆匆不多寫。

祝

編祺

余英時　九八、八、十四

國平先生：

事忙未及早寫小序，甚歉。序文原稿寄作「手迹」用。另附影本一頁（原迹太淡），供採用。小傳印用影印資料，我又補了去港與初香的時代。題簽擬直寫一，請 先生決定。同時寄上陳宏謀書一冊，已轉傳杰先生，以謝他選摘之勞。先生為寫此書之 苦我，另由允晨書店直接平郵寄奉，聊寄為紀念也。 先生為我費心勞神，感激之至。明日去歐洲，九月初回美。匆匆不及多寫。

祝

編祺

余英時 九八、八、十四

致金耀基函

一九七八年八月二十五日

耀基兄：

回來後早就想寫信給您，最近因籌備遠行，常外出開會，比較忙亂，所以延擱至今，不料 兄先有信來，座談紀錄，經 兄整理，比我當時語無倫次，高明多了，多謝多謝。

慎應一文，意在息諍，不是要揚波，希望可收些效用。（初稿是憤怒之作，足見人不能在心意不平時講話。）且該文亦未深責任何個人，孫君亦毋須有所不安也。

歷史系又將生是非，甚矣，中大之多事也。許君視國棟兄為「國特」，其說起於十餘年前，許君疑心太重，故常能「看見」許多「跡象」，此誠無可奈何之事，但希望他發布文件時，不要說任何沒有「真憑實據」的話。以弟所知，國棟兄從來不是惹事生非一型的人，何以許君對他如此步步進逼。弟遠在美國，不明內情，故亦不能下任何判斷，但弟總以為在大學執教之人，首要責任在教書與研究，人事糾紛，搞不出所以然來，徒傷同事間情感，且於己亦有大害，至少耽誤了正經工作。不過俗語云：「江山易改，本性難移。」人的個性一旦形成之後，雖上帝亦無可如之何。冠三兄入中大，王德昭先生支持最力，弟亦曾據理陳詞，此中全無個人因素，不過講學術公道而已。但後果如此，弟亦不能不自疚也。弟將輕描淡寫地給冠三兄去一短函，但恐未必有用耳。

述先兄探親歸來後，當可與　兄等詳談見聞與感受，弟最近見到三位訪大陸歸來的朋友，都說變化很大，一般學者頗為輕鬆，不似以往之緊張，這個總的印象是大致不會錯的。又看到近出版的《中華文史論叢》第七輯（復刊號），完全與舊貌不異，用繁體字直排，且毫無政治氣味，實大可喜也。（其中刊有陳寅恪遺著一篇）今後數年之內，大陸學術研究之論著必大量出籠，此可以不卜而知。弟等行程已定，十月十六日進大陸，十一月十七日出境，幾經考慮，弟此次將不經過香港（有三位團員取道香港回美）直接由東京進出，一為避麻煩，再則教書工作不能耽誤太多也。回來後定給　兄寫信，說最真實的感想。此行在大陸由官方招待，接待之機構即新成立的「中國社會科學院」，此在該院亦是第一次作主人，料想必可見到不少老學者。

馬臨兄就我及李校長受榮譽學位，中大已兩度寄請帖來，可惜弟無法參加，面致賀意，請　兄於見面時便中代道喜，弟不日當與馬兄去一短信也。餘不一一。專祝

安好　嫂夫人不另

並請代問 Wendy 好

弟英時頓首　八、廿五

陳淑平附候

Yale University *New Haven, Connecticut 06520*

DEPARTMENT OF HISTORY

237 Hall of Graduate Studies

(203) 436–1282

30. AUG. 1978

撰寫先生回憶錄早就想寫信給您，最近因寫傳記遺作(?)，常翻出開會(?)，比較忙亂，所以延擱至今，不料先生有信來，座談紀錄，經先把(?)理，比我想要(?)討(?)論詳盡，高明多了，多謝了。

憶舊一文，意在息諍，不是要揭發，希望可收些許用。（初稿是憤怨之作，是先人不能在心意不平時講話。）且該文亦未深責任何個人，孫君亦毋須有所不安也。

羅家倫先生是非，甚矣，中大之多事也。許君視陶楂先為「陶精(?)」，其說起於十餘年前，許君疑心太重，故常犯「看見」「鬼蹤影」，此誠無可奈何之事。但希望他發布文件時，不要說任何沒有「來源實據」的話。以弟所知，陶楂先從來不是惹事生非一型的人，以許君對他如此步步進逼，弟遠在美國，不明內情，故亦不能下任何判斷，但弟總以為在大學執教之人，首要責任在教書與研究，人事糾紛，搞不出所以然來，徒傷同事間情感，且於己亦有大害，弟多說了一句大話(?)，不過借詩云：「江山易改，本性難移」，人的個性一旦形成之後，雖上帝亦無可奈何。錢(?)之先入中大，主要係先生支持最力，弟亦曾據理陳詞，此中全無個人因素，不過講學術不通(?)而已。但係事至此，弟亦不能不自疚也。弟將撰擬(?)決寫地給錢三先生一短函，但恐未必有用耳。

Yale University New Haven, Connecticut 06520

DEPARTMENT OF HISTORY
237 Hall of Graduate Studies
(203) 436–1282

述先兄：探親歸來後，當可與 兄等詳談見聞與感受，弟最近見到

三位訪大陸歸來的朋友，都說變化很大，一般尚稱為輕鬆，不似

以往之緊張。這些說明印象是大致不會錯的。又看到近出版的「中華

文史論叢」第七輯（復刊號），覺得與四說不異，用繁體字直排，且裏面的

學術氣味，實大可喜也。（其中劉君陳寅恪遺著一篇）今後數年之內，大陸學

術研究之論著必大有可觀，此可以不卜而知。弟等行程已定，十月十六

日進大陸，十一月十七日出境，經往考慮，弟此次將不經過香港（當三

位團員取道香港回美）直接由東京進出，一為避麻煩，再則教書

工作亦不能耽誤太久也。回來後定給 兄寫信，說最真實的感想。此

行在大陸由官方招待，接待之機構即新成立的「中國社會科學院」，此社

科院亦是第一次作主人，料想必可見到不少老學者。

馬臨兄說我及李校長受榮譽學位，中大已兩度寄請帖來，可惜弟

無法參加，函陳歉意，請 兄於見面時便中代道意。弟不日當與馬

先生一談信也，匆不了書，祝

安好 嫂夫人不另

並請代向Wendy好

弟英時上 八、廿五、

陳淑平附候

一九七九年一月二十九日

耀基兄：

前示收到，關于中美建交後之台灣問題，弟近日有一投書刊于《紐約時報》，此是書生之見，決無裨世局，不過知其不可而言之耳。此亦弟不務正業之性格使然，其實大可不必多事，為自己找麻煩也。此後當保持緘默矣。印本附上。請　兄以直言相告，贊同如此措辭否？

祝

安好

弟英時　七九、一、廿九

二〇二一年三月十五日

耀基兄
元禎嫂：

恭賀新年：英時、淑平同拜

承耀基兄書贈東坡〈蝶戀花〉長幅，不勝驚喜，耀基兄已成書法大家，真所謂「一字千金」。弟得此榮賜，不知何以為報。唯有置之案頭，時時賞玩耳。

寄上英譯本拙作一種，聊以為友情之紀念，此本譯出已久，最近始有暇訂正，前日始收到書局贈本，不足觀也。餘不一一。敬祝

撰安

弟英時手上　二〇二一、三、一五

致陳方正函

二〇一四年六月十日

方正兄：

來示及書評收到，不勝欣慰。兄之評論著眼廣大而深入，在一般專家之上，極獲弟心。兄誠是弟之真知己也。拙作《宋明理學與政治文化》之明代部分，兄所見亦正是弟所最關懷的問題，一般治理學之士反而不匆匆略過，不十分注意。今得兄一人，弟之努力不算白廢了。但此書誤字不少，茲傳上校改多頁，（所傳五頁是關係較大者，非全部），盼兄有暇代為改正為幸。餘不一一。改日當再與兄通話。專問

安好

弟英時上 二〇一四、六、一〇

方正兄：

來示及書評收到，不勝欣慰。兄之評論著眼廣大而深入，在一般專家之上，極獲弟心。兄誠是弟之真知己也。拙作論宋代理學與政治文化之關係密切，兄所見亦正是平生所最關懷的問題，一般治理學之士反而不無忽略，不十分注意。今得兄一人，弟之努力不算白費了。但中書誤字不少（所謂五頁是聞係轄古者，非全部），茲得上校改多處，將兄書經代為改正為幸。餘不一一，改日當再與兄通話。專問

安好

弟 英時 上

二〇〇四、六、一〇

二〇一四年六月三十日

方正兄：

故友牟復禮（Fritz Mote）的夫人最近告訴陳淑平，Bernard Lewis這部回憶錄極為精彩，Lewis的幾種關於中東、伊斯蘭的名著，　兄若已讀過，但我未曾見此書，所以她決定買此書相贈（訂書已多日，現在才收到）。即使　兄已讀過亦可留此書為紀念，是我們之間的友誼象徵！

英時誌

2014・6・30

二〇一六年八月十五日

方正吾兄：

久欲為 兄寫一幅字，以為六十年（即到）友誼之紀念，因忙於趕限時交卷之文字，無此心境。今日始得閒暇，特書弟一九七三年回港前答楊蓮生師贈別之七律一首，此亦我們重晤之一年，值得留一點雪泥鴻爪也，一笑。餘不多及，專頌

大安

弟英時手上 二〇一六、八、十五

1940
年代

高行健
馬漢茂
董橋
孫康宜
田浩
河田悌一
魏哲和
陳文村
顏純鈎

賀高行健函——

二〇〇〇年十月十二日

行健先生：

今天獲知　先生得諾貝爾文學獎，內人陳淑平和我都十分興奮。剛才與林毓生先生夫婦通電話長談，他們也和我們一樣高興。林先生把　先生傳真號給了我們，所以寫此短箋，聊誌賀忱。蘇東坡流放海南島時曾有兩句詩贈給當地一位文士，我們改動兩個字作為賀詞：

滄海何曾斷地脈，白袍今已破天荒！

先生身在海外，文化與中國傳統仍一脈相承，中國作家得此獎，正是所謂「破天荒」也。

余英時
陳淑平　同賀　二〇〇〇、十月十二日

行健先生：今天獲知　先生得諾貝爾文學獎，內人陳淑平和我都十分興奮。剛才與林毓生先生夫婦通電話長談，他們也和我們一樣高興。林先生把　先生得獎告給了我們，所以寫此短箋，聊誌賀忱。蘇東坡流放海南島時曾有兩句詩贈給當地一位文士，我們改動兩個字作為賀詞：

滄海何曾斷地脈，白袍今已破天荒！

先生身在海外，文化上與中國傳統仍一脈相承，中國作家得此獎，正是所謂「破天荒」也。

余英時
陳淑平　同賀

二〇〇〇
十月十二日

悼馬漢茂函

一九九九年六月十五日

天琪：

聽到漢茂的惡耗，我們既震驚又傷痛。今年一月在台北，我們還相聚了一天，並同席晚餐，他那時心境平和，談笑風生，我們怎樣也想不到他幾個月後又發舊疾。幾年前我們到你們住處拜訪，一切都像昨天一樣。這個時候我們也找不到合適的話來安慰你，請你務必保重。我們和蓉蓉通了電話，知道她現在陪著你，親人的溫情這時最可貴。　你若任何時候來美國散散心，請隨時到舍下來小住。我們的電話是[redacted]，地址是[redacted]

余英時
陳淑平　同上　99·6·15

天琪：

聽到漢茂的噩耗，我們既震驚又傷痛。今年一月在台北，我們還相聚了一天，並同席晚餐，他那時心境平和，談笑風生。我們怎樣也想不到他幾個月後又發舊疾。幾年前我們到你們住處拜訪，一切都像昨天一樣。這個時候我們也找不到合適的話來安慰你，請你務必保重。我們和答答通了電話，知道她現在陪著你，親人的情誼這時最可貴。你若任何時候來美國散散心，請隨時到舍下來小住。我們的電話是

地址是

余英時
陳淑平 同上
99.6.15

致董橋函

一九八一年四月八日

董橋先生：

茲奉上〈顧頡剛、洪業與中國現代史學〉一文，希望能在《明報月刊》刊出，俾大陸史學家與顧、洪兩先生之門均可讀到，如可用乞　早日示知為感，否則弟當試投他家也。因此文已寫得稍遲，故欲其早日面世也。

專此即敬問

編安

余英時頓首　四、八

一九八一年四月二十八日

董橋先生：

十八日　大示收到，承將拙文趕在四月廿七日出版之《明報月刊》中載出，不但弟個人感激，洪先生家人及門生亦均同感　厚意也。五月二日追思會（在哈佛燕京社舉行），弟不克前往，但已將文稿寄去，由友人代為宣讀其中一段，並已電告此文已在《明報月刊》刊出矣。台北《聯合報》亦於四月廿五日登出，時間配合恰好，不致有「轉載」之嫌也。弟極少一稿兩投，此是唯一例外，因希望此文可以在大陸與台灣同時面世，不得不然，乞諒。此文刊出後可否請　先生剪寄一份至「北京中國社會科學院民族研究所翁獨健先生」？並請附上數語說明乃出自弟之請求，至感至感。餘不一一。專此敬問

安好

余英時頓首　四、廿八

先生亦好「解釋學」及傅柯著作，聞之真有空谷足音之喜。又及

一九八一年五月十五日

董橋先生：

手示奉悉，剪報承寄北京翁先生，至感至感。　囑為貴刊撰中共建黨六十年文字，先生情意懇切，不敢推辭，但因近來甚忙，正趕寫學術文字，限時交卷，故恐只能寫一短文略抒有關現代史之看法而已。（大約在兩千字左右）六月十二日以前當能寄到香港也。

附上影印信件一份，係國內千家駒先生讀弟論毛澤東歷史地位一文之反應，甚出意外，收信人「石如」先生弟亦不識，此信乃由友人輾轉寄來，千先生是老經濟學家，已久不見其文字矣。此信請勿刊載，恐於千先生不利，僅備　兄個人參考而已。餘不一一。即頌

編安

弟余英時上　五、十五

一九八二年三月十二日

董橋兄：

兩承來函，十分高興。很抱歉我未能為「新聞自由」專號寫文章，這有兩個原因：一是上月正值學校審查下年度研究生入學申請書，我適主持東方史部份，故忙不過來；第二是我自覺對「新聞」是外行（歷史是「舊聞」，出《史記》），不便亂說話，本想寫封信給你解釋一下，不料一幌就過了許多天了。所以此信乃向　兄道歉，勞　你記掛，十分不安也。以後遇有合適題目，自當應命。

《明報月刊》在　兄主持下有一種清新活潑之風格，十分可喜，刊物文字總是以多采多姿為是。弟前函涉筆偶有批評也是片面性的，問題在一些知識人之心態方面，正如　兄函所云也。

茲有一小事相托，不知能代幫忙否？家母年事已高。但頗喜讀良鏞先生小說，彼已購得新印本全套，但缺《鹿鼎記》，彼曾在港托人代問，未得下落。弟擬請　兄代為購寄兩套來，價錢及郵費均請示知，由弟償還，不情之請，甚為不安。如不能代辦，則請來　示指示如何可以購得，至感至感。弟去年年尾曾有一短札致查良鏞先生，亦作此請求，並說明決無「打秋風」之意，只是為圖方便耳，唯迄今已兩三月，未得彼回信，想是事忙或竟未見及此函。　兄如便中一問，尤為感謝。萬一彼已寄來（不太可能），則可免重複，並代弟向查先生問候。以前在香港兩年，頗曾與查先生圍棋往來，故前次冒昧去信，及今思之，殊自覺不安也。總之，無論查先生或　兄購寄此書，弟皆堅持償還費用，以此瑣事相煩，事非得已。務請原諒是幸。

　　專此敬問

編安

弟英時頓首　三、十二

承贈《明月》，多謝多謝

一九八二年六月二十三日

董橋兄：

來示早到，因弟適去加拿大有事（先後十餘日），前數日始歸來，又值學校結束，考卷待讀，以致稽答，至以為歉。《明月》文弟自當勉力寫一短篇，聊答雅意。十二日以前寄到當無問題。請釋念。

《鹿鼎記》亦於兩週前寄到，不知如何感謝老　兄厚禮，真是卻之不恭受之有愧也。不知　兄有何需要英文書籍可以由弟寄贈以答謝一二否？務乞　兄示。弟所以久未與　兄函者，因前得　兄函云將去英倫渡假，以為　大駕一時未必歸來，故一再拖延，務乞　原諒。弟將於七月三日去夏威夷開朱子會，十五日去台北開中央研究院之大會，八月九日至二十三日去新加坡考察實行儒學教育事，二十三日擬飛港小住（廿七日離港返美）。在港將住中文大學，此行甚匆忙，不知能有機會一晤老　兄否？因遠行在即，此信寫得匆忙，並乞　勿怪是幸。

專此敬問

編安

弟余英時上　八二、六、廿三

一九八三年一月十二日

小董兄：

你來書自署「小董」，我不好意思再連名帶姓稱呼老兄，恭敬不如從命。所以改變稱謂，這也合乎「名從主人」的古禮。拙文下篇寫得長了，實非初意，但為了對古人公道，不得不如此，其實我在引用原文時已儘量收縮了。今天我重看下篇，覺得也許還可以多分一節，第四節似可作「『一記響亮的耳光』」（加括號，從第57頁至第80頁（到「其真象竟是如此」止）。以下由「我在『論再【生】緣』……」起可算第五節，名之為「晚年心境」。如此似較妥，不知　尊意如何？如果來得及加上一節小標題，擬請　兄費神一改。如果已排定，不能更動，也就算了。又陳先生六十七歲生日詩〈欠斫頭〉原稿手跡，是宋淇兄好幾年前寄給我的，香港應可覓得，我的一張複本已找不著。如能覓得製版插入文中，則尤佳，可以取信於讀者也。吾　兄不妨電宋淇兄一試如何？

此稿已交一全份給金恆煒兄，他說也許在台北同時刊出，但因文中亦涉及國民黨的不光彩歷史，台灣是否有雅量，亦未可知。我寫此文是儘量用史家的直筆，不為任何一方隱諱，一切以陳先生原來的意向為根據，故下字甚費斟酌，不願為左右袒。但我有自知之明，此文必至兩面不討好，學術思想能否獨立，其關鍵端在這種地方，我深信學術可以超出政治是非之上，然而也不應逃避政治是非，史家終不能全無道德判斷，變成鄉愿也。

此文刊完後不知能否請　兄寄三五份「單行本」至台北，可以送給有關之人（如中研院及俞大維先生），如蒙　俯允，請寄下址：

陳雪屏先生收

多謝多謝。又「單行本」如能多寄幾本給我，尤為感激，有些朋友在索取也。

舊曆新年在即，借此機會，祝

新禧並拜年

弟余英時頓首　一、十二

兄來信寄航空即可，不必快郵，因弟住在小鎮，快郵與一般航空相去不過一小時耳。又及

1983

Yale University New Haven, Connecticut 06520

DEPARTMENT OF HISTORY
237 Hall of Graduate Studies
(203) 436-1282

小董兄：你来书自署「小董」，我不好意思再连名带姓称你老兄，恭敬不如从命，所以改变称谓，这也合乎「名从主人」的古礼。拙文下篇写得长了，实非初意，但为了对古人公道，不得不如此。其实我在引用原文时已尽量收缩了。今天我重看下篇，觉得也许还可以再分一节，第四节似可作「日一说响应的平允」（加括号，从第57页至第80页（到「共产党竟是如此」止）。以下由「我在记再保田……」起可算第五节，名之为「晚年心境」。如此似较妥。不知

尊意如何？如果来得及加上一节小标题，极请　兄费神一改。如果已排定，不能更动，也就算了。又陈先生六十七岁生日诗「欠斩头」原稿手迹，是宋淇兄为我弄寄给我的，香港寄来的我的一张复本已找不着。如能觅得影印收插入文中，则尤佳，可以取信于读者也。弟　兄不妨问宋淇兄一试如何？

此稿已寄一份给金恒炜兄，他说也许在台北同时刊出，但因文中涉及国民党的不光彩历史，台湾是否能刊登，亦未可知。我

Yale University New Haven, Connecticut 06520

DEPARTMENT OF HISTORY
237 Hall of Graduate Studies
(203) 436-1282

寫此文是儘量用史家的直筆，不為任何一方隱諱，一切以陳先生原來的意向為根據，故下字甚費斟酌，不能為左右袒。但我亦自知之此文必至兩面不討好。學術思想缺乏獨立（其關鍵）之這種地方，我深信學術可以超出政治是非之上，然而也不應逃避政治是非。史家終不能全無道德判斷，變成鄉愿也。

此文刊出後，不知能否請　兄寄三五份「單行本」至台北，可以送給有關之人（如中研院及俞大維先生），為答偏允，請寄下也。陳雪屏先生收承詢之。又「單行本」如能承寄幾本給我，尤為感激，有些朋友來索取也。

舊曆新年在即，謹借機會說

新禧　並拜年

弟　余英時　上
一、十二、

兄來信寄航空即可，不必快郵，因為價差十幾，快郵與一般航空相差不過一小時耳

又及

一九八三年八月三日

小董兄：

頃得來書，甚喜。手頭適有〈中國古代死後世界觀的演變〉一文，雖是純學術文字，卻甚有趣，我自覺頗有新發現。此文是為大陸紀念湯用彤先生論文集所寫，據湯一介先生（湯公之公子）說，大陸《哲學研究》將先在九月份刊出。此文你如有興趣，可以刊登，我也寄了另一份給台北《聯合月刊》。

便不大敢寄這些東西給你了，怕倒了讀者的胃口，老闆也許會責怪你的。所以你不必刊載，總以不引出其他問題為上策。此文不很長，所以還是勉應遵命，藉答雅意也。

餘不一一。即祝

安好

弟 余英時上　八、三

一九八三年十一月二十二日

小董兄：

十七日來片及附文收到，多謝多謝。沒有想到回信如此之快，我最初頗擔心文章未必趕得及，有負　兄期望。此文寫得匆促，未暇深思細酌，但大體的意思是如此。寄稿後，又將前後數頁從新寫過，但已不及寄給《明報月刊》了。副本曾寄與《中國時報》專欄組，因為他們約我已久，迄未應命，但此文在台是否敢刊出，亦可不必。我已說明該文不得在十一月廿七日以前發表，恐與《明月》衝突也。附　閱。

兄的感性文字寫得極好，令人感動。其實感性寫法遠比理性鋪陳為有力。　兄文中用 Berlin 與 Austin 二段對話，甚為巧妙，雖然與原作者的用意甚為不同。這是移花接木的手法，佩服佩服。

香港前途時在念中，此間極少報導，僅在中文報紙中畧見一二，似無突破性進展。前數週胡金銓兄來此，云得一消息，中共可能在收回主權後，再訂新約，由英人治港六十年（？）。但弟不敢深信此說，不知真相究竟如何？得暇乞見　示一二。弟前後在港多年，如佛經所言，鸚鵡以羽濡水，救陀山之大火，明知不濟，但「嘗僑居是山，不忍見耳」。

餘不一一。即祝

安好

弟
余英時上　十一、廿二

1983

Yale University New Haven, Connecticut 06520

DEPARTMENT OF HISTORY

237 Hall of Graduate Studies

(203) 436-1282

小董兄：

十七日來片及附文收到，多謝多謝。沒有想到回信如此之快，我最初頗擔心文章未必趕得及，有負 兄囑望。此文寫得好像未曾深思細酌，但大體的意思是如此。寫稿後，又將前稿再改新寫過，但已不及寄給「明報月刊」了。副本曾寄與中國時報手稿，因為他們約我已久，這本應命。但此文是否發刊出，亦不可必。我已說明該文不得在十一月廿七日以前發表，恐與「明月」（即明月刊）衝突也。附閱。

兄的感性文字寫得極好，令人感動，其實感性寫得遠比理性鋪陳為有力。 兄文中用 Berlin 與 Austin 二家對話，甚為巧妙，雖然與原作者的用意甚為不同。這是移花接木的手法，佩服佩服。

香港前途時在念中，此間極少報導，僅在中文報紙中略見一二，似無實質性進展。前數週胡金銓先生來此，言得一消息，中共可能在收回主權後，再訂新約，由英人治港六十年（？）。但弟不敢深信此說，不知其相究竟如何？得暇乞見示一二。弟前往港多年，受惠於港所言，鸚鵡以羽濡水，救陀山之大火，明知不濟，但「嘗僑居是山，不忍見耳」。

餘不一一，即祝

安好

弟余英時上 十一、廿二

一九八四年三月五日

小董兄：

來信收到，承即期刊出拙稿，十分汗顏，奪他人之席，尤覺不安也。前次拙稿寄出後，覺意有未盡，故又續草數頁，論及「批判理論」部份，即緊接在全文之後，茲一併奉上。若能趕得及加在篇末，自是最佳。

茲有一小事求懇，近見香港書目中列有丁文江、趙豐田合編《梁啟超年譜長編》（精裝、平裝皆可，若有平裝則寧取平裝），因內人近正譯梁氏家書，欲即得一部以校台北本，不知可煩　兄托人即購一部，以航空寄下否？此次所需多少，務請即在弟稿費中扣除，千萬勿客氣，以使弟不安，且以後不再敢相煩也。

匆匆，敬問

安好

弟余英時上　八四、三、五

一九八四年四月一日

董橋兄：

昨日寄上一函及拙著兩冊，一贈吾　兄，一請轉寄牟潤孫先生（因我處無牟先生地址）想已達覽。昨日收到《梁啟超年譜》，多謝多謝。今又得　兄二十三日來　示，費用請即在下期稿費中扣除，至感至感。

《時報》對話錄，我昨天才收到，我想我的部分已太多，不擬再增補，且時間已久，已忘記當日談話內容了。但其中有幾處不妥之處及小誤，茲條列于下，乞《明報月刊》轉載時加以更正。

①「寫『革命之子』的梁恆」一語請刪除，此事未便先公布，當時我曾囑咐金恆煒兄勿發表，不知何以忽略。不提姓名，含糊言之可也。梁恆的雜誌一時當不能出版（近有變化），故更不應先說。

②馮友蘭一段，美國學者名字是Derk Bodde，中文名「卜德」，「似是給他做翻譯」一語，應改為「似是翻譯他的哲學史」，因為馮當時是自說英文，並無譯者，此語易生誤解。

③「無政府主義本來以日本開始」應改為：「中國人接觸無政府主義思想最早是從日本開始的」。因為「康梁講權變術變」是「全變速變」之談。

④「如果成了聖人，就無所不知……」請加為「照通俗的說法」於「如果成了聖人……」之前。因為傳統的儒家學說並非如此也。下面「到了最高境界就像中國聖人……」也請加上「就像一般俗人心中的聖人……」

⑤「程朱陸王，就是紅與專的對比」，可改為「程朱與陸王的分別基本上即可說是相當於紅與專的分別。程朱較重『道問學』，主張『先知後行』，近於『專』的一路，陸王講先識其大……」

⑥「所以現在不能再提倡陸、王……」改為「所以在客觀化、知識的領域內，不能提倡陸、王的精神……」此段之末（…「低一級的，末的。」之後），請再加以下一段：「在蘇聯和東歐各國的官方馬克思主義中並沒有紅與專的區別，可見這是中國所特有的。其根源是在中國傳統的思想模式之中。我並不是說紅與專即是陸王之學與程朱之學的現代變形。中共黨內並無人真能如實地瞭解程朱陸王。我只是要指出，紅與專的二分法是中國舊有的思想範疇之一，程朱與陸王正是把這一思想範疇發展到了十分精微的境地；他們也並不是這一範疇的創建者。再往前，我們可以追到古代「博」與「約」或「通」與「專」的一般分野。中共的「紅」與「專」則不但專

以馬克思主義為標準，而且把這一傳統的範疇歪曲了、庸俗化了。換句話說，這一思想範疇在一定的範圍內還是有意義、有效用的，而中共的紅與專則是一種濫用。」

以上六條都在《時報》對話的「上篇」（三月十一日），乞代為增補，以免誤解是感。所囑撰文談「讀書」，如有時間定可遵命，但請勿「等待」，以免失望耳。餘不一一。專此即祝

安好

弟 余英時上 四、一

一九八四年五月十一日

小董兄：

五月四日大札收到。謬獎之詞，殊不敢當。弟自問不但遠不足以　昔賢項背於萬一，即近世大儒如業師錢賓四以及王國維、陳寅恪諸公亦望塵莫及，此非謙語，乃實話也。弟正求為「舊文化人」而不得。不意今之俊彥竟以不屑視之，更可見弟之不足道矣。拙詩印得甚好，注中「溫」字乃「舒」字之筆誤，已改正。又「竟成讖語矣」，改為「故二句括其意」，義較顯白，跋語已成明日黃花，自不必贅，弟亦不想加新跋語也。近日當有「壽錢賓四師九十」七律四首，因賓四師生日在七月初，如《明月》不嫌「舊學究」之「古董」，不日當寄上。請　來示告知為感。賓四師七月初將來港，故《明月》若有興趣，可在七月號刊出也。陳詩未投寄台北報紙，但最近俞大維先生（陳先生妹夫）見到，頗欲謀刊，尚未復信，當不致在五月底以前，請　放心。剪報多謝，亦是過譽，近來頗悔名不符實，亟欲收斂也。剪報中所提大陸金觀濤君《在歷史的表象背後》一書，頗有興趣一讀，不知能煩　兄代購一冊，平郵寄下否？並請告知價錢與郵費，以便奉還也。餘不一一。即祝

大安

余英時上　五、十一

一九八四年五月二十五日

董橋兄：

五月廿日來　示及附件均收到，多謝多謝。祝錢先生壽詩寄上，希望七月可以刊出，因其時正是生日左右也。另寄上〈陳寅恪晚年詩文箋證〉是最近偷閑所寫，不意竟長達兩萬七千言，此文是近來最大的發見，與前「晚年心境」文相比，前文實已微不足道矣。這次真像是偵破了一大案，我自己事先也未想到。只是又是「王娘腳條，又臭又長」，對兄抱歉。近將輯論陳文為一小書，由時報出版也。文末引金庸小說中語，其中四句憑記憶寫出，讀此小說乃二十年前事，恐有誤記處，可否請　兄便中一詢良鏞兄也，或代查《碧血劍》？（又全文寫成後始分節，每節標題上均有紅筆〇記號，請代費神校刊，至感）

弟七月十六日離家，先去探母[redacted]，然後去新加坡[redacted]然後與台北三週。弟六月廿二日可能過港，在機場或可與　兄通一電話，能示知電話號碼否？（Office or Home）此文及詩若能由弟先校一次最好，請兄按上址寄件（估計時間）。（亦可請送校樣至新亞金耀基兄處，弟六月二十二日可能有機會見到他，此是備萬一而已）《明報月刊》（此期）請　兄寄新加坡（可得二份否？），若有文章散本尤需要，「詩」大約一頁可了，擬請　兄多寄幾分散頁給我。（此文及詩收到後乞示一二字，以釋弟懷），不情之請，盼勿見怪。此祝

編安

弟余英時上　五、廿五

陳奇猷先生呂氏校釋弟頗想得一部，亦乞代勞並如前法如何？平郵即可

一九八四年九月五日

小董兄：

昨日寄上拙稿，似忘寫題目，此文本擬題為「重論陳寅恪的晚年心境」，但現在想想也許改作「陳寅恪的晚年心境新證」更好。因此文有絕佳新材料（兩條由馮衣北先生提供，兩首新詩見《詩存補遺》，一九八二年增本《寒柳堂集》所刊），如此似更醒目，也更合內容。本來尚欲加一副題（「兼答馮衣北與汪榮祖兩先生」），經考慮後，副題實可不必，此二人之文亦不值得如此重視，文中既已答復，亦不必見之於題目也。不知　兄以為如何？關於陳寅恪，弟之研究至此即告一段落，以後縱有妄人胡說，亦將不理會（除非有驚人新資料發現），佔去《明月》篇幅太多，甚感於　兄有歉意（尤其希望不致為貴刊招政治上之不便）。但此文係被動，非得已。弟應有自辯一次之權利也。收到後乞　示知。即祝

安好

弟余英時上　九、五

（此文望能趕上十月號，答復愈早愈好，免兄為人挑剔其中小誤也）

1984

Yale University

Department of History
P.O. Box 1504A Yale Station
New Haven, Connecticut 06520-7425

Campus address:
237 Hall of Graduate Studies
320 York Street
Telephone:
203 436-1282
436-0836

小董兄：

昨日寄上拙稿，似忘寫題目，此文本擬題為「重論陳寅恪的晚年心境」，但現在想想也許改作「陳寅恪晚年心境新證」更好，因此文有絕佳新材料（兩係由馮衣北先生提供，兩首新詩見「詩存補遺」一九八二年增本「寒柳堂集」所刊）。故此似更醒目，也更合內容。本來尚擬加一副題（「兼答馮衣北與汪榮祖兩先生」），經考慮，副題實可不必，此二人之文亦不值得如此重視，文中既已答復，亦不必見之於題目也。不知 兄以為何如？關於陳寅恪之研究，弟之研究至此即告一段落，以後縱有妄人胡說，亦不理會（除非有驚人新資料發現）。但在「明月」篇幅太多，（尤其希望不致有違刊物路線之不便） 兄有難意，但此文係被動，不得已，弟亦有甚難於自辯之權利也。收到後乞示知，即祝

大好

（此文如能趕上十月號，若能愈早愈好，免先有人挑剔其中小誤也。）

弟余英時上 九、五、

一九八四年九月十一日

董橋兄：

九月三日曾寄上拙文一篇〈陳寅恪的晚年心境新證〉，不料秘書所貼郵資不足，致遭退回，延誤一星期，已不及趕上十月號矣。今又再度以掛號寄上，當與此信同時可達　左右。此稿主要是答復馮衣北先生的駁文。我本欲置之不理，但後見其文中頗有新資料可證前說，是極為有趣，故趕寫此文，意欲早日刊出，了一段公案，不料又橫生枝節，延誤時日，此文雖無時間性，但答辯終以愈早愈好也。文中語氣已力求平和，偶有不妥，請代改定。又如時間允許，可否先寄一校樣來，由弟親校一次？

餘不一一。祝

好

弟余英時上　九、十一

一九八四年九月十七日

董橋兄：

前日承來電話詢問拙稿事，甚感。此稿因秘書投遞時未去郵局，以致郵資不足，遭退回，後又立即（九月十一日）以「特快」投遞，不知能趕得及否？如趕不及留待下一期亦無大礙。我因此是駁文，愈早愈好。今天偶翻複印本，發現p.23有一處筆誤，即「難陀」是釋尊的異母弟，竟筆誤為同母弟，倘來得及，務請照改。否則請於下期登一「刊誤」至感。又傅青主〈望海〉詩首句「一燈續日月」，我在〈釋證〉中曾說這是隱語，「日月」是「明」的代號。這一點並不錯。但是在字面上說，日、月、燈則又是佛家故典，這也應該指出。宋代永亨《搜采異聞錄》中有下面一則故事：

王荊公在經義局，因言佛書有日月燈光明佛，燈光豈足以配日月。呂惠卿曰：「日煜乎晝，月煜乎夜，燈煜乎日月所不及，其用無差別也。」公大首肯。

傅青主的詩句必驅使此一故實。可以斷言。所以如果清廷找他的麻煩，他是有辭可遁的。這是中國「隱語」詩的一個特點，即字面、字裏各寫一義、各有根據。陳寅恪先生的隱語詩也是如此，「七夕」、「落花」、及「鉅公」等都具有顯、隱兩義。通過傅詩雙關用法，我們便更能體會到陳詩的深度了。

此一則若來得及也請附在全文之末，否則與上一條「異母弟」同列在「補正」中。

專此問

好

弟余英時上　九、十七

一九八五年一月十四日

董橋兄：

兩奉來書，並轉來牟公大函，多謝多謝。弟十二月中旬去台北開會，年底趕返美國，一月初又去西岸開一學術討論會，以致遲遲未能作覆，請　原諒。　兄屢次來信約稿，但最近實在太忙無暇為之，有負　雅命，十分抱歉。現在學校方開學，一時恐也難寫中文文章，也許月底可以把有關方以智的一篇腹稿擠出來，屆時當寄上請　兄看看是否適于《明報月刊》之用。弟一向佔　貴刊篇幅太多，頗為內疚，所以現在起也許讓出篇幅來給其他更生動、更活潑的作品，這不是客氣話，是真實的感受。無關學術的小品文我無時間寫，而涉及學術便不免嚴肅、枯燥之病，我有自知之明，十分感謝　兄的好意。

香港近來如何？似乎大家都已安定下來了，這是好事。大陸批「馬」之事傳聞不一，不知真相究竟如何？我覺得大陸近來比較自由開放了不少，這是值得頌揚的（如果屬實的話）。附上復牟公一函，請代轉。

專此問

春祉

弟余英時上　八五、一、十四

一九八五年二月二十八日

董橋兄：

前數日寄上〈方以智自沉惶恐灘考〉一稿，想已收到。今日發覺p.61第㈡行「以響應鄭延平之反攻也」一句乃下筆不慎之誤，此時鄭成功已死，不可謂「鄭延平反攻」，但台灣鄭氏政權當有無反攻意圖，亦不易說，故請將此一誤句刪去，為感。收到此信後，務請見覆，以安弟心。撰文字稍不經意即易犯錯誤也。弟文既與大陸學人商榷，更不能有此種極可笑之事實錯誤。若《明報月刊》以此文太過專門，又屬考證範圍，不宜登載。弟決不見怪。無論如何請不必勉強登刊，至感至感。此文若有一般意義，主要即在史學研究上尚有啟發性，示大陸學者不可徒恃史料以驕人。《明報月刊》既可銷行大陸，此文應可有些影響。將來印出後不知可代寄若干份單行本與有關人士否？如冒懷辛先生、李學勤先生（皆在北京中國社會科學院歷史研究所）、王戎笙先生、俞松青女士（在社會科學院近代史研究所）、任道斌先生（不知地址，可寄社會科學院近史所《清史論叢》編輯部轉）、錢鍾書先生（社科院中國文學研究所）。如不方便則當由弟影印寄去，不過更費時費事耳。貴刊並無單行本，但若能寄散頁若干份即可解決此問題，不需寄全本《月刊》也。倘有多餘散頁，亦乞寄弟數份，尤所切盼。此皆不情之請。 兄視可行與否，儘力為之，不必為此事感到為難也。

此文方法其實與考釋陳寅恪詩文完全一貫，蓋非揭破隱語系統即無從確定其中所隱藏之事實與意向也。不知 兄讀後有同感否？弟生平考證之作，以此文最有趣，因完全依賴反對者所提供之史料也。且所考雖似最虛幻，而同時又復最確切不易也。弟初提此「自沉」之假說，大致是推測，但不意竟能完全證成此說。不久將彙集八一年以後所補考之文於一編，重刊《方以智晚節考》，擬易名為《方以智晚年新考》，書成後當寄上一本請 教。

餘不一一。即祝

編安

弟余英時上　八五、二、廿八

一九八五年五月三日

董橋兄：

寄來散頁已到。答文遲一期刊出無妨。其中頁16之末和頁17之間脫一「陸」字，「歐陸哲學」變成了「歐哲學」，請代加上為感。拙文承改「筍」字為「榫」字，甚感。不過弟之用「筍」，不用「榫」亦有原因。前幾年錢鍾書寄贈《舊文四篇》，其中「接榫」一詞，他親筆改為「接筍」。錢氏用字極考究，此改字是有據的。但 兄改定為「榫」，弟亦不反對。此不過說明何以原文作「筍」而已。弟之答文既遲一期刊出，則擬加上一則「後記」，是最近才見報而寫成的。此一報導恰是為弟文之實證，真是湊巧得很。務請代添於答文之末。好在只有一千二、三百字，佔篇幅不多，但對弟原文於增加之論證力量則甚大，想蒙 允許，收到後乞 示知。此祝

編安

弟余英時上 五、三

一九八五年六月八日

董橋兄：

弟適從台北歸來，獲見來函及附剪報，甚感。頃又得本期《明月》，見「馮衣北」又有長文駁論，讀之不禁失笑，此次彼似已學乖了，不再引任何陳寅恪文字，卻隨時捏造無可證實之「事實」，此文已非學術討論，弟實無興趣奉陪。俟讀下篇後，或答或不答，不知　兄意云何？但上篇言陳夫人五〇年陽曆七月左右「負氣來港」，此乃絕不可能之事。弟五〇年六月由港返大陸，後又決心回港，遂旋自廣州折返，其時港方已不得隨便入境，弟在廣州旅舍化了數十元港幣買通黃牛，給香港邊境警察以賄賂，始得入境。當時之事，至今猶歷歷在心。陳夫人何能隨便說走就走，逕入港境乎？此文作出如此說謊，圖掩前此之失據敗績，可見其品格之低下，中共不長進如故，其毫無羞恥之心在此文中充分暴露，可歎也。弟六月廿六日尚須去新加坡，倘馮文下篇可先寄校樣來一讀，乞於日內擲下為感。不日將為　兄寫一小條幅。祝

好

余英時上　六、八

一九八五年八月二十五日

董橋兄：

在新加坡時兩奉來書，恨事忙未及早答，承囑寫「茶與文化」，亦無法應命，想蒙原諒，茲寄上〈弦箭文章那日休〉一文，乃答馮衣北之作，弟本欲置之不理，但此時若忽然沉默，不免為讀者所疑，中共某官方亦將不免有阿Q式之勝利感，故不得已而為之，此文祇說明兩點，不與之詳辯，佔去貴刊篇幅，甚不安也。此事已可告一結束。兄若不願再有類似麻煩，即可在弟文前加以「按語」，聲明到此為止，可也。

另〈儒家君子的理想〉一文乃為新加坡東亞哲學研究所（七月卅一日至八月三日）召開之「儒家倫理研討會」所撰，（如刊用，請加一點說明于文後，如何？）此會由劉述先兄主持，弟之題目亦劉兄所指定者也，但文未必合　貴刊口味，姑承命寄上，備　兄參考。此文無時間性，何時刊出乞告知，不用亦絕無關係，請勿有所顧忌，弟決不介意，答馮氏之文，盼早日刊用，以了此一公案，未知十月號趕得及否？

良鏞兄有關草法文字已讀過，是見苦心孤詣，此時能為香港救得一分是一分，此外更無別法，將來如何，則只可不管矣。專此並問

安好

弟余英時上　八、廿五

一九八五年十二月一日

董橋兄：

來示收到，為不負　雅愛，特草〈對塔說相輪〉一文以應二十年紀念專號，但估計此文到達將在十二月十日，不知有困難收入否？弟本欲寫兩千字左右，但又犯了下筆不能自已之病，但此文已極力求精簡，若稍稍放縱即可加一倍以上也。如嫌太長，則頁十七以下論幾本新出版的書皆可刪去，弟以為此數書作支持，本文所論可以更充實，不是弟個人偏見，而是行內人也多有此想法矣。《聯合報》總編輯劉國瑞先生久欲弟為該報寫專論，近來有暇，此文可否請　兄於早日排版後，寄一份給劉先生，雙方約定出版時間，以免有失。弟當另函劉先生告知此事。收到後乞來數字。耶誕節將至，順此祝賀。弟無寫卡片習慣，即此算是賀節。餘不一一。祝

好

弟余英時上　十二、一

最近為《知識份子》寫一專門研究論文，約九至十萬字，論〈論中國宗教倫理與商人精神〉，此文不宜在《明報》刊出，《知識份子》則一次刊完，兄於一月間當可讀到，又及。

二〇〇九年四月二十一日

董橋吾兄台鑒：

承快郵贈新作《青玉案》，感激與歡喜交迸。書到已近三週。遲遲始覆，至乞　鑒諒。弟自去年七月去台北即患膀胱結石之病，在台北兩週全在醫院中渡過。回美後檢查、治療，不勝其煩。雖已休養多月，精神究受影響，弟明年八十，一切都緩慢下來，因欲讀完大著再覆信，不意竟一拖至今。想吾　兄必能容弟失禮之罪。

讀大著一如往昔，既獲新知，亦引發憶舊情懷，如喬治高先生，弟兩三年前在華府曾常有過從。〇五年與他（九十多）、巫寧坤先生（八十多）及弟（七十多）曾合攝一影，三人大笑，至今仍存案頭。徐訏先生，弟七十年代在港時亦曾捧手，至今仍猶在記憶中。詩人周棄子雖未晤面，但通過徐復觀先生當年曾互有唱和也。唯　兄多次提到的黃苗子先生（弟久仰其人，未見），近來總有出人意外之爆料，令人惋惜不置。最出弟意外者，　兄寫〈師門憶往〉，結尾竟出現弟之拙句。「老穆」弟似不識，其人當在香港，不知真姓名可見示否？

兄於中西書齋中文物簡直如數家珍，事實上所藏「家珍」，據弟粗略估計，也極為可觀。

雅人深致，令弟羨慕之至。

今年本欲來港一行，現醫生有保留，尚須考慮。惟自覺頑軀尚無大問題，不過工作則遠非從前可比。此中一大關鍵乃戒除抽烟已近一年。弟以往寫作皆必須以煙助精神，今失此「烟絲批理純」，即寫一短信亦覺文思滯澀也。內子陳淑平亦一向愛讀尊著，此次也和弟爭先。她要我向　兄問候。近來有人寄下張愛玲未刊遺作《小團圓》，　兄曾見及否？評價如何？此書為宋祁［淇］兄夫婦所阻，否則七十年代即應面世矣。今日《紐約時報》載 Nabokov 遺作，遺囑令其子燒毀，其子終於違命刊出，與張愛玲遺作，如出一轍。亦中外文學史上最巧合之佳話也。

餘不一一。敬問

撰安

弟余英時上　〇九、四、廿一

陳淑平附候

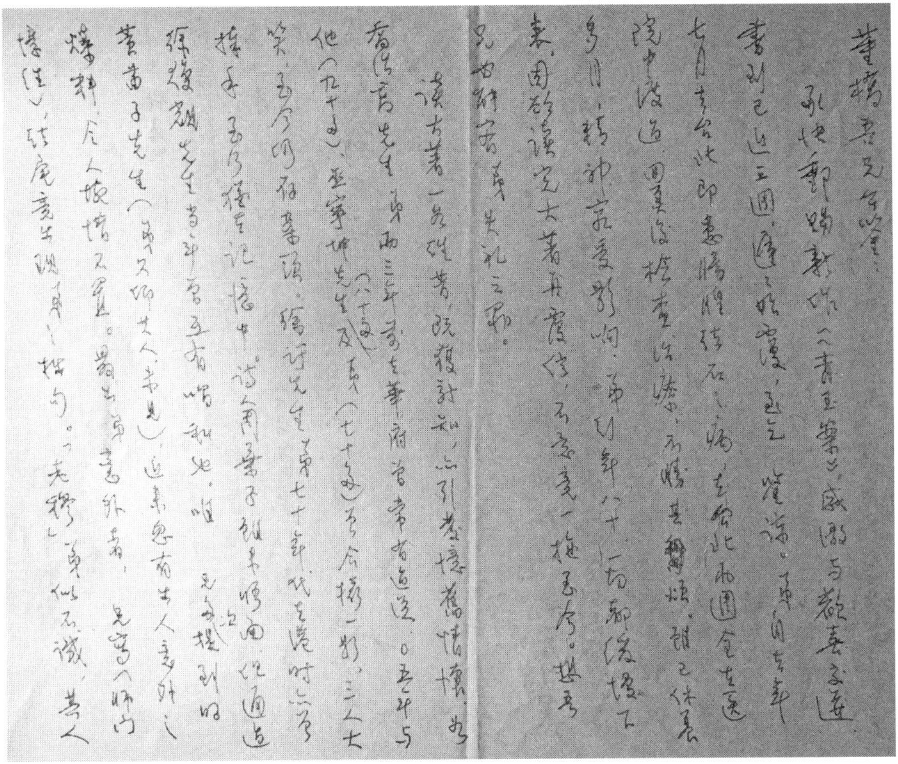

華橋吾兄左右：
承快郵賜寄新作《青玉案》，感謝與欣喜交並。
書到已近三週，遲遲始覆，至乞　諒詧。弟自去年
七月去台北即患膽結石之病，去冬[illegible]
院中施手術，因年紀稍大，恢復[illegible]，不勝其煩。雖已休養
多月，精神究受影響。弟今年八十一歲，[illegible]
來，因而讀完大著再覆信，不意竟一拖至今。甚希
兄曲諒寬其失禮之罪。

讀大著一系列詩，既獲新知，亦引發懷舊情懷。如
看到高先生(八十歲)卓雨三年前在華府常常道遙。五年前與
他(九十歲)、李寧坤先生及弟(七十歲)曾合攝一影，三人大
笑。至今仍存箱中。經[illegible]先生第七十年代至港時亦多
接手至今懷念記憶中。詩人周棄子雖未晤面，但通過
[illegible]先生青年[illegible]相知也。唯　兄文中提到的
黃苗子先生(郁風女士亦是)，近來忽有去人意外之
[illegible]，令人[illegible]。[illegible]　兄寫《師門
[illegible]》，結尾竟[illegible]「老櫓」[illegible]似不識，其人

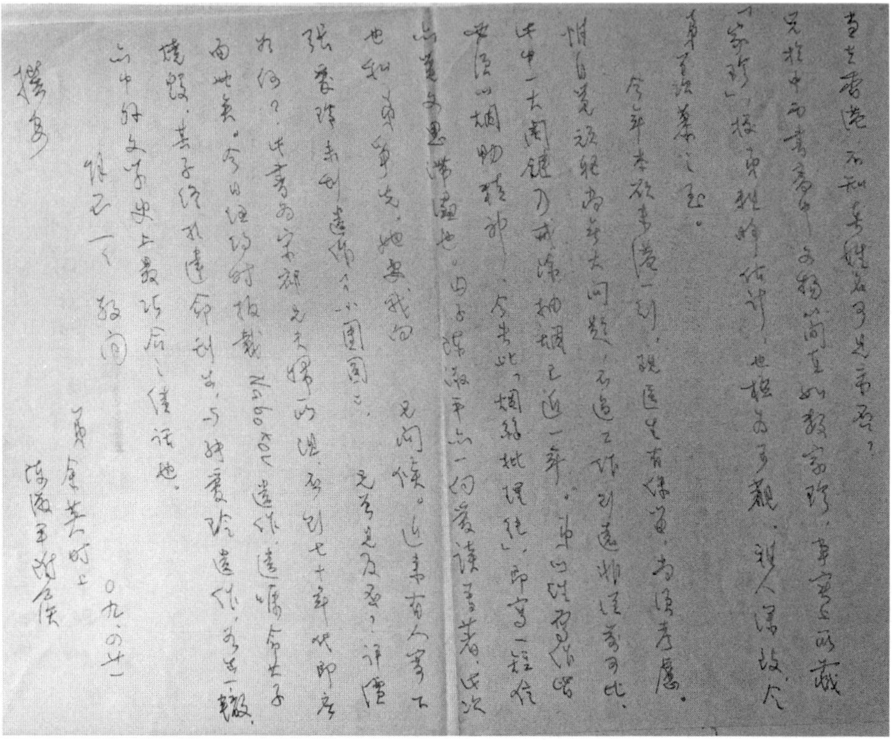
尚在香港，不知是雙喜臨門否？
兄於中西書畫，不獨鑑賞如數家珍，專家所藏
「家珍」，按史料作評，也極可觀，讀人得故人
專業論叢之至。
今年本欲來港一訪，說過早有計畫，尚須考慮。
惟自覺記錄為最大問題，不過已經到遠非從前可比。
此中一大關鍵乃戒除抽煙已近一年。弟以往最依賴
者須以煙助精神，今年此一「煙絲批裡純」，即寫一短信
亦甚感思滯遲也。因此乃深感平生一向最讀書著，此次
也知弟年老，也要我的 兄問候。近來有人寫下
張愛玲未刊遺作《小團圓》， 兄看見了否？評價
如何？此書為宋淇之夫婦所阻，否則七十年代即應
面世矣。今日紐約時報載Nabokov遺作，遺囑命其子
燒毀，其子終於違命刊出，可謂「雙璧」遺作，成為一轍。
亦中外文學史上最巧合之佳話也。
順此一下 敬問
撰安
弟 余英時 上
陳淑平附候
〇九、四、廿一

二〇〇九年四月三十日

董橋吾兄如晤：

幾天前承傳真長函，情意深厚，至感至感。弟寫此信是想請　兄大力幫忙，以便完成此間張充和先生相識者的一件心願。我的朋友孫康宜教授（任教耶魯已近三十年，中國古典文學教授，在此為漢學界聲名甚著），最近想把充和先生多年來為人題書名、扁額之類的墨寶收集起來，出一本書為紀念，有如中國刻印名家的「印譜」之類，此意甚新鮮，似尚未有人試過，茲將孫康宜所寫「代序」（四頁）傳上，　兄覽後即知此稿的構想，不必弟再饒舌矣。另傳上一頁充和先生近來所書之選樣三種，供兄參考。弟覺得香港牛津大學出版社先後為　兄所刊印諸書及附刊文物字畫照片，皆極精美，若牛津肯作此事，亦是文藝界、出版界一佳話，故冒昧傳上五頁及此短箋，請　兄考慮後示知，但不必勉強，以一切順其自然為最上。如　兄以為可行，則乞告知　兄 E-mail 或其他連絡方式，由弟轉達孫康宜教授再由她直接與　兄接頭，無論此事成否，弟皆感激兄之概然相助也。希望此事不致太給　兄增困擾。敬問

安好

弟余英時手上　〇九、四、卅

二〇〇九年五月十二日

董橋吾兄大鑒：

正欲寫信，謝　兄為充和先生的《選集》費心費力，終於有完滿結果。不料　兄函及大作兩篇竟已先施，更是感激之至。弟前日得紹銘兄傳真信約弟加入「散文集」系列，甚感詫異，不知他何以忽然念及太平洋彼岸之故人。今讀來函及大作，始知全由於吾　兄吹噓所致，其實弟為一典型俗物，有何「散文」、「小品」可言，祇因紹銘兄與弟相交已逾五十年，故人之情不可拂逆，故姑先承諾，俟一、二週後，再作計較耳。（因　兄之力荐，故弟遲早必踐諾。）　兄兩文皆趣味盎然，寫充和的那篇聽康宜說將收入《選集》中作為序文，當然是十分合適的。

前數日在《上海書評》中讀到〈《青玉案》散記〉，已剪下藏於尊著之中。內人陳淑平深賞大作，　兄所知也。她要我特別向　兄問好。

餘不一一。敬問

撰祺

弟余英時手上　〇九、五、十二

二〇〇九年五月十三日

董橋吾兄如晤：

今晨讀五月十二日手書，更是意外中之意外。承　兄錯愛，又想弟亦在牛津出版社佔一席之地，感何可言。記得　兄以前似提議過一次，但因弟自覺無資格參加，故遲遲未有所報。今讀　大函，頗動感情，不計工拙，擬搜集近數年作品之性質適宜者，編定一冊，寄與林道羣兄處審查，如獲通過，擬請　兄寫一短序，回顧舊交，以志鴻爪。非請　兄作「戲台裏喝采」，想　兄必能俯允。

淑平特別謝謝　兄欲賜海味乾貨之美意，但我們不大吃此類食品，自弟有小恙後，吃得更是清淡，以新鮮蔬菜為主，故萬乞勿費神費錢，遠道寄購，特浪費耳。此意則弟與淑平已心領矣。餘不一一。敬問

安好

弟英時手上　〇九、五、十三

淑平問候

二〇〇九年十二月三十日

橋兄如晤：

廿九日惠書奉悉。牛津工序極快，誠如　兄所言弟之校改已畢，大概不久可付印了。此事自始至終都承　兄熱心費神，感激之至。

充和願意讓出作品與藏品，稍出弟意外，藏品中沈從文及臺靜農兩先生之作品亦肯出讓，更為始料所不及，想來她或有需要也。　兄函中提到臺先生墨梅一幅，引起弟好奇之心，我們最近適將臺先生所贈墨梅一小幅轉贈與美國老學生田浩（Hoyt Tillman），因為他辛苦為弟八十生日編了一本九百頁的祝壽論文，備極勤勞，而弟事先完全不知　他的女兒亦讀中國文學，漢名小梅，故以臺先生之梅送他，將來可傳與其女小梅，甚合適。今　兄既買了充和所藏墨梅，弟好奇，欲知臺先生作品時價如何？　兄如能見告，則弟心中可知此字所贈田浩之禮是否輕重適當也。但弟非探問　兄私事，想蒙諒解也。如不便見告，弟亦決不介意。

敬祝

新禧

弟英時敬上　〇九、十二、卅

淑平問候

二〇一〇年三月十九日

橋兄大鑒：

右眼手術今日已一週，一切尚好，乞　釋念。囑為　報紙新欄撰文事，時在心中。今日又得林道羣兄來信，弟一時尚不能寫新文，但覓得已成之稿一份，為一友人梅振才先生《文革詩詞鈎沉》寫的序文，題為〈為中國詩史別開生面〉。此文作成於兩月前（三月二十二日），尚未在報刊登載。但文字比三千字多，不知合用否？若不合用，請即棄之，不久再寫他稿應命。恐誤　兄事，故先傳真。（打印四頁，字小，不知能清楚傳過去否？故又補傳原手稿10頁，以備查考。）另外亦傳林道羣兄一份。餘不一一。祝

安好

弟余英時手啟　一〇、三、十九

共15頁（連此信）

二〇一四年四月四日

橋兄如晤：

收到四月一日賜示，因適值事忙，未及即時奉覆，敬乞　恕罪。承告將於四月底，告老「還鄉」，聞之悵然。　兄數十年來不僅為輿論界最受推重之巨擘，而且更是文學界領袖風騷之大家，今毅然退休並結束專欄，香港文化世界為之黯然失色矣。弟盼　兄「退」而「不休」，繼續撰述，不寫專欄，更可自由寫作，從心所欲，以專書形式問世，幸甚幸甚。

囑弟撰文為臨別紀念，此意使弟感動之至，最近適為舊作《歷史與思想》新版（台北聯經）寫一新序，略道數十年後所感所思，亦具回憶性質，大約兩千餘字。俟聯經最後校樣到來，即傳真與　兄，再作定奪。如可用，弟將在文末略著數語以表達與　兄數十年之交誼，不識尊意以為然否？先此專覆，以釋　遠懷。

敬祝

安好

弟英時手上　四月四日

陳淑平另有一書贈　兄，另寄。

二〇一九年五月十六日

橋兄如晤：

（請先轉告葉國威先生，因我無Email，函告費時也）

大著《讀胡適》精裝本（內附　兄五月十一日大函）均已由葉國威先生寄下，昨日下午（五月十五日下午）收到，感激之至。此書「真皮珍藏版」，精美固不待言，而內涵之豐富生動更是感人至深。　兄歷讀胡著及有關胡氏之文獻，平日必抄錄相關文字不少，故此時下筆，早已融滙貫通，故引文和評介，無不恰到好處。最難得的是全書將胡之為「人」及其「生命特色」，整體呈現了出來。我還沒有讀過一本寫胡的專書能如此深入淺出。此書表面上，誠是「通俗」之作，但此所謂「通」與「俗」是從數十年「專」和「雅」的基礎上發展出來的。全書八十八回都是胡生命中不同角落的素描，順手拈來，無不涉筆成趣。弟僅僅輕輕閱讀一過，因淑平急欲拜讀，不得不讓給她，以後當再細看。偶然發現兩處可稍作考慮：①頁229第9行之末「次年一九三二年二月中遷往昆明」，「三二」之「二」恐是筆誤。①231頁第3行末「每月拿幾萬元的薪水……」此「萬」字也應是筆誤。（又有一趣事，頁313，雪屏先生對胡適說：「我的小姐作菜」，這是客套話。　兄猜想是指淑平，當然不錯。

不過這是一九六〇年五月二十日的事，而淑平已於一九五九年去了美國。）祝

安好

弟英時上　五月十六，晨二時

淑平問

致孫康宜函——

二〇〇〇年七月十八日

欽次
康宜：

淑平為你們在五月十三日慶宴上所攝的照像都很成功。康宜那張「人與花爭艷」尤為傳神。有關人的照片請你們代為就近分贈，至感。

我們特別感謝你們的邀約，得以參加這次永久可記念的聚會。

祝

雙安

余英時
陳淑平
同上
7月18日

二〇〇三年四月二十日

康宜：

耶魯召開詮釋學會議，甚是盛事。拜讀了印出的論文題目，內容豐美。但我再三考慮的結果，決定不來參加了。一連三日的會議，我感覺有些吃不消。講論者多為舊識，不能聽了一場，不聽另一場，反而得罪人。我此次全無正式任務，當初列名，是為了便利申請會費，此事既已成功，我大概可以告退而問心無愧了。我想你一定能理解我的決定，不致於見怪。三月底蔣經國基金會在普大也開了三天會，我只到了三個上午，因為家住附近，可以偷懶。去耶魯則不能，三天都得在會場，我想想實在有點怕，我的聽覺不甚好，若全神貫注，未免太累了。將來有機會，我們寧可自己專程來探望你們和充和、漢思、Ed等老朋友。特此奉告，請代取消我們的旅館訂約。祝

好　欽次兄問好

英時手上　四、廿

淑平附候

二〇〇四年一月五日

康宜：

收到傳真信中英文共四頁，十分高興。我們特別興奮你已受聘為《劍橋中國文學史》的主編，並約定Steve Owen為co-editor。這是一項極重要的任務，我們都深信你必能有出色當行的成績，為中國文學史在西方樹立一標準，我們預祝你成功，並慶賀你的成就。

評楊君一文承你認可，甚喜。淑平時時警惕我要下筆慎重，所以我曾一再修改，儘量不說過火的話，以建設性的態度出之，希望不致流為overreaction，有失風範，故結語以朱子論學語互勉，很高興你也喜歡朱子的十六字學箴。

你很忙，不打電話來擾你，僅寫此數語，以表示我們對你的新計劃的喜悅。

餘不一一。祝

安好並問　欽次好。希望二〇〇四年你們都可以大展鴻猷。

英時
淑平
同上　二〇〇四、元月五日

康宜：收到傳真信中英文共四頁，十分高興。

我們特別恭喜你已受聘為劍橋中國文學史的主編，並請到 Stephen Owen 為 co-editor。這是一項極重要的任務，我們都深信你必能拿出最當行的成績，為中國文學史在西方樹立一標準。我們預祝你成功，並慶賀你的成就。

評楊君一文承你謬許，甚喜。陳平時時鼓勵我要下筆慎重，所以我第一再修改，儘量不說過火的話，以建設性的批評出之。希望不致流為 personal attack，有失風範，故結語以君子論學之誼共勉。很高興你也贊成君子的十六字箴言。

你很忙，不打電話來擾你，僅寫此數語，以表示我們對你的新計劃的喜悅。

餘不一一祝

安好並向　欽次好。希望二〇〇四年你們都可以大展

鴻猷。

英時
陳平　同上

二〇〇四、元月五日

二〇〇九年七月六日

欽次
康宜：

頃得康宜在停車場匆匆所寫兩頁信，我們震驚之餘，又不禁呼萬幸。真是 God 在暗中護持，才能脫險。欽次在家中休養，我們想說的第一句話便是**請趕快聘請一位特別護士**，幫忙照顧，至少在一、二週內，必須如此，康宜也可由此獲得一部分助力，不致日夜焦苦，心神俱疲，至要至要！我們是至友，故敢如此建議，想不致見怪。英時病尚未全癒，淑平離不開，否則當立即前來探視，現在只能在家中為欽次默默祈禱，祝他早日康復。淑平有一冊書，特檢出贈康宜，此書對淑平有過精神上啟示，今寄上共領會這一境界。照片是院中兩個新筍，現已高不可攀了。我們稱之為「天地之大德曰生」，一并寄上，作為生命堅強的象徵！

英時
淑平　同上　〇九、七、六

二〇一四年七月十四日

欽次
康宜：

收到賀片，十分感謝。頃又得傳真信，知您們將於8月16日來Princeton。我們最近確較忙，唐獎基金會來信，說八月中旬會來Princeton，進行訪談和攝影，但到現在為止，我們還沒有收到他們來訪時間的確訊，所以8月16日下午2:30—4:00，我應該是在家的。您們屆時下訪，當可晤談。不過萬一唐獎代表及TV team忽然出現，我們當立即電話通知　您們，希望不致如此，只是人事難料，如果發生意外情形，他們竟於同一時間到Princeton，則請您們兩位原諒我們的困難。我們是幾十年的至友。無話不可說，所以我就坦白把我們的處境告訴您們，不用說，我們當然非常希望和您們聚談。讓英時再次向　兩位表達對　兩位感激之至誠。餘不一一。敬問

雙安

英時手上　二〇一四、七、一四

Monica 附筆問候

二〇一六年十月二十五日

康宜：

「學而時習之」橫幅寫了兩張，請你們任選其中之一，字不甚好，但我已盡力為之。又不知你們是否要我題名，我寫了「余英時題」四字，蓋了印，以備萬一需要我的題名。又在下面補蓋了兩個不同的印章，也許設計人可以選用比較合適的一個。另一題名稍大，也一同附上，請你們選擇。

字是寫了，但你們不必一定要用，這不過是為設計的一種參考而已。你們若不用，我決不會介意，請放心。。。。。

另外，Priority 寄上英文論集兩冊，供朋友紀念而已。

英時

2016・10・25

二〇一八年九月二十七日

康宜：

看到您給Monica的傳真，甚感　您的雅意，為了我的拙字，竟勞動您費大事去向吳氏基金會去請這麼多的經費，吳東昇兄固然慷慨過人，我也同時更為　您的熱情所感動。我心中甚慚惶不安，但無論如何要向　您致最誠摯的謝意！

祝

安好，並向

欽次問好

英時　二〇一八、九、廿七

二〇一八年七月三十一日

My Dear 田浩：

July 31,'18

I have looked through your edited text very carefully against both the draft translation and my Chinese text. Your many improvements are greatly appreciated. I have found only a few mistyping, but added one footnote (on p.64) to bring the context up to date. Please feel completely free to make changes necessary to improve the readability of the draft translation.

As I already told you over our phone conversation, I hope you'll kindly agree to serve as editor of the book and write an editorial introduction to it (based on your excellent article on Weber in China). I know you are very busy and have to take trips to China for conferences and lectures from time to time and therefore you can only do the editorial work in leisure time. Please take it easy and don't let editing become too much a pressure on you. Thank you a thousand times.

With respect

Ying-Shih

July 31, '18

My dear 田浩:

I have looked through your edited text very carefully against both the draft translation and my Chinese text. Your many improvements are greatly appreciated. I have found only a few mistypings but added one footnote (on p. 64) to bring the content up to date. Please feel completely free to make changes necessary to improve the readability of the draft translation.

As I already told you over our phone conversation, I hope you'll kindly agree to serve as editor of the book and write an editorial introduction to it (based on your excellent article on Weber in China). I know you are very busy and have to take trips to China for conferences and lectures from time to time and therefore you can only do the editing work in leisure time. Please take it easy and don't let editing become too much a pressure on you.

Thank you a thousand times

With respect

Ying-shih

致河田悌一函——

二〇〇五年二月四日

悌一兄
洋子嫂：

多謝寄來許多珍貴的禮物——棋書、珍珠書簽、十二生肖像、年畫餅乾、香菇等，我們非常喜愛，並已開始享受了。
兄、嫂為我們購年禮，一定用了很深的心思，更化了許多時間，我們感動得很！再致　謝意！九月間留下的書、文章等，承　你們海運寄下，也收到了，真不好意思，如此給　你們添麻煩。

這張「魚」的照片是淑平在東京國際會館攝影的，特別選作賀年片，敬祝吉（鷄）年大吉！

英時
淑平　同上

2005・2月4日

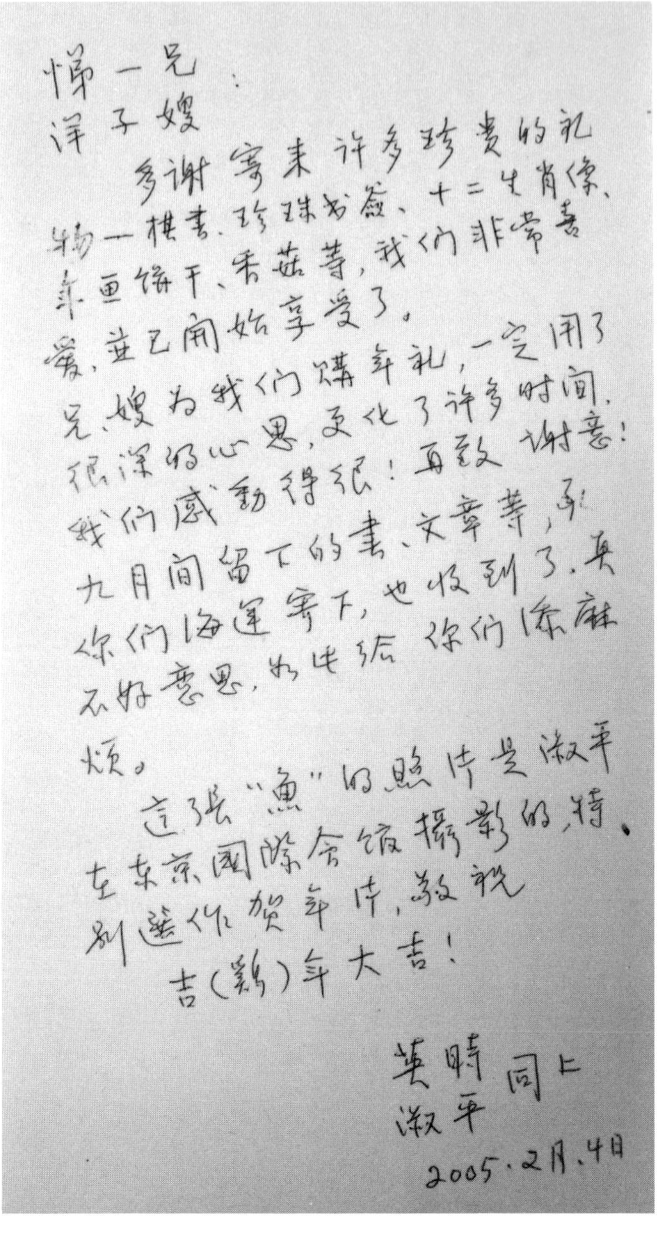

悌一兄
洋子嫂：

多谢寄来许多珍贵的礼物——棋書、珍珠书签、十二生肖像、柔画饼干、香菇等，我们非常喜爱，並已開始享受了。

兄、嫂為我们購年礼，一定用了很深的心思，更化了许多时间，我们感動得很！再致谢意！

九月间留下的書、文章等，承你们海运寄下，也收到了。真不好意思，如此给你们添麻煩。

這張"魚"的照片是淑平在东京國際会館攝影的，特別選作贺年片，敬祝
吉(鷄)年大吉！

英時
淑平 同上
2005.2月.4日

致魏哲和函——

二〇〇一年十一月十一日

哲和主委先生台鑒：

此次返台北，承　先生賜宴，並獲與　貴會多位主管同仁及政大鄭校長、臺大彭副校長等暢敘，衷心至深感激。　先生雅意拳拳，囑弟於退休後返國作短期講學或研究，此意弟更銘記在心，不敢或忘。但因弟退休後尚有不少未結束工作，必須在美完成，故一、二年內仍無法分身。前在席間亦已向　先生陳述困難所在，諒蒙　明察。弟雖寄居海外，但於國內人文研究之發展亦未嘗一日忘懷。倘在一、二年內　貴會有計劃派遣青年人文學者至美進修，弟在能力範圍內必全力與　貴會配合，代為安排一切。　貴會儻有其他構想，有所垂詢，弟亦必知無不言，言無不盡。此亦書生報國之一途也。

據弟近年來在台觀察所得，國內青中年人文人才實所在多有，若國家能作有計劃之培養，學術潛力實未可限量。但若求人文學術方面有新發展，必須文教各界有新構想與新意境，足以突破現有之架構，故此一大事因緣，尤賴　貴會之鼎力支持，始克有濟。此次得與　先生與會中諸公晤談，深知　先生等無不秉公為國家學術前途，困心衡慮，誠摯懇切，私心亟為感慰。弟素不能作客套語，以上所陳，皆出於肺腑。今後尚乞不遺在遠，隨時賜教，弟凡力之所及，必略盡綿薄，以共謀為國家學術教育，奠定百年大計也。餘不一一。

專此敬頌

道安

弟余英時敬上　二〇〇一、十一、十一

內子陳淑平附筆致謝

哲和主委先生台鑒：

此次返台北，承 先生賜宴，並獲與 貴會多位主管同仁及政大鄭校長、臺大彭副校長等暢敘，衷心至深感激。 先生雅意厚之，囑弟於退休後返國作短期講學或研究，此意弟更銘記在心，不敢或忘。但因弟退休後尚有不少未結束工作，必須在美完成，故一、二年內仍無法分身。前在席間亦已向 先生陳述困難所在，諒蒙 明察。弟雖寄居海外，但於國內人文研究之發展亦未嘗一日忘懷。倘在一、二年內 貴會有計劃派遣青年人文學者至美進修，弟在能力範圍內必全力與 貴會配合，代為安排一切。 貴會倘有其他構想，有所垂詢，弟亦必知無不言，言無不盡。此亦書生報國之一途也。

據弟近年來在台觀察所得，國內青中年人文人才實所在多有，若國家能作有計劃之培養，學術潛力實未可限量。但若求人文學術方面有新發展，必須文教各界有新構想與新意境，又必突破現有之架構，故此一大事因緣，尤賴貴會之鼎力支持，始克有濟。此次得與先生與會中諸公暢談，深知　先生等無不秉公為國家學術前途，困心衡慮，誠摯懇切，私心至為感戢。弟素不作客套語，以上所陳，皆出於肺腑。今後尚望不遺在遠，隨時賜　教，弟凡力之所及，必略盡棉薄，以共謀為國家學術教育奠定百年大計也。餘不一一，專此敬頌

道安

弟余英時敬上

二〇〇一、十一、十一

內子陳淑平附筆致謝

致陳文村函——

二〇〇八年五月一日

文村校長台鑒：

頃奉四月廿八日賜示，既感且愧，清華大學早在新竹復校之初即已是第一流理科大學。二十餘年前創建人文社會科學學院，更在人文學術方面貢獻巨大，亦久為國際學術及教育界所共仰。猶憶一九八五年六月弟曾應毛高文校長與李亦園院長之約，在清華畢業典禮後作特別演講，次年刊行《中國近世宗教倫理與商人精神》，亦列為「清華文史講座叢刊」之一種。是弟所受惠於　貴校者已至深矣。今又承貴校榮譽學位推選委員會諸公厚愛，以榮譽博士學位相贈，尤為弟畢生稀有之殊榮。唯自省平生志業成就，百不及一，實不符名，深自慚怍，捧讀　尊函，不勝「卻之不恭，受之有愧」之感，謹先致最誠摯之謝忱，略表感激之意於萬一耳。

貴校新成立人文社會研究中心，初期以「季風亞洲與多元文化」為主旨，此誠盛事，弟在台期間倘時間允許必親來致賀。唯弟此次行程極為緊迫，頃與中研院史語所王汎森所長詳細核查，僅有下列數日可以自由行動：

七月二日（星期三）下午三時—五時（此日本有院中議案討論）

七月五日、六日（星期六、星期日）全天皆自由

七月七日（星期一）上午（此日有史語所學術評鑒會）

此數日中，七月二日與七月七日弟可勉強向院中、所中告假外出，實不甚妥當，非萬不得已，最好不用。七月五日（星期六）於弟最為方便，但弟亦知校方安排時間頗有困難，故特列七月二日下午及七月七日上午於上，敬乞酌裁。

復次，弟此次在台北前後十一日，已事先約定作三次演講，均需事前準備講稿，故弟到 貴校祝賀研究中心開幕，實難抽出時間再作充分準備，大致祇能致賀詞及對「多元文化」一觀念略作一般性之闡釋，不可能詳為系統性的發揮，大致以三、四十分鐘為限，至乞 鑒諒。下次弟再來台灣，必事先與 先生商定，另作專題講演，以補此次匆促不能盡意之過。此在弟實為萬不得已之事，想 先生與貴校同仁必不致以弟為推托也。君山兄已返校康復中，聞之極慰，弟如有機會前來，定當探候。

以上所列時日如皆不合適，則贈學位與講演祇好延緩另議，請 先生務必以校方之既定安排為主，萬勿為弟之故勉強為之，則弟可稍免良心上之不安。又關於時間事， 先生決定後仍乞再與史語所王所長作進一步之確認為感。

專此奉覆，敬問

崇祺

弟余英時手上 〇八、五、一

文村校長台鑒：

頃奉四月廿六日賜示，既感且愧。清華大學早在新竹復校之初即已是第一流理科大學，二十餘年前創建人文社會科學學院，更在人文學術方面貢獻巨大，亦久為國際學術及教育界所共仰。猶憶一九八五年六月弟曾應毛高文校長與李亦園院長之約，在清華畢業典禮後作特別演講，次年刊行之中國近世宗教倫理與商人精神亦列為「清華文史講座叢刊」之一種。是弟所受惠於　貴校者已至深矣。今又承貴校榮譽學位推選委員會諸公厚愛，以榮譽博士學位相贈，尤為弟畢生稀有之殊榮。唯自省平生志業所就，百不及一，實不符名，深自慚怍。捧讀　尊函，不勝「却之不恭，受之有愧」之感。謹先致最誠摯之謝忱，並表感激之意於萬一耳。

貴校新成立人文社會研究中心，初期以「季風亞洲與多元文化」為主旨，此誠盛事，弟在台期間倘時間允許，必親來致賀。唯弟此次行程極為緊迫，頃與中研院史語所王汎森所長詳細核查，僅有下列數日可以自由行動：

七月二日（星期三）下午三時－五時（此日本有院中議案討論）

七月五日、六日（星期六、星期日）全天皆自由

✓七月七日（星期一）上午（此日有史語所學術評議會）

此數日中，七月二日與七月七日弟可勉強向院中、所中告假外出，實不甚妥當，非萬不得已，最好不用。七月五日（星期六）於弟最為方便。但弟亦知校方安排時間頗有困難，故特列七月二日下午及

七月七日上午抵止。敬乞酌裁。

復次，弟此次去台北前後十一日，已事先約定作三次演講，均需事前準備講稿。故弟到　貴校祝賀研究中心開幕，實難抽出時間再作充分準備。大致祇能就賀詞及對「多元文化」一觀念略作一般性之闡釋，不可能詳為系統性的發揮。大致以三、四十分鐘為限，至乞　鑒諒。下次弟再來台灣，如事先與　先生商定，弟作專題講演，以補此次無從不能盡意之道。此是弟實為萬不得已之事，想　先生與　貴校同仁必不致以弟為推托也。君山兄已返校康復中，聞之極慰。弟如有機會前來，定當探候。

以上所列時日如皆不合適，則贈學位與講演祇好延緩另議，請　先生務必以校方之既定安排為主，萬勿為弟之故勉強為之，則弟可稍免良心上之不安。又關於時間事，先生決定後仍乞再與史語所王所長作進一步之確認為感。

專此奉覆，敬頌

崇祺

弟余英時手上

〇八、五、一

致顏純鈎函——

二〇一〇年三月九日

純鈎先生：

奉本月九日傳真信，多謝。

我寫汪集序出於興趣，並略表對　先生的支持和敬意，從未考慮到稿酬或版稅問題。汪夢川博士化了大功夫注釋全書，葉教授通體審訂，他們應得版稅，毫無疑問。我僅寫一序何能與汪、葉二先生同簽版權之約，此古人所謂「取之傷廉」，絕不可為者也，請　先生萬勿寄合約來，我也不會簽字。此序算是我贈　先生及天地圖書，結一場文字因緣，豈不甚美？所以我也決不接受任何稿費。（我為學報寫學術論文，向不受酬，此是通例。）若寄來，我必寄回，反而增加我的麻煩。我希望　先生接受我這一點誠意，此事即到此為止。餘不一一。敬祝

編祺

余英時手覆　二〇一〇、三、九

天地圖書 顏純鉤先生收

純鉤先生：

奉本月九日傳真信，多謝。

我寫《詩集》序，出於興趣，並略表對 先生的支持和敬意，從未考慮到稿酬或版稅問題。但汪夢川博士化了大功夫註釋全書，葉教授通体審訂，他們應得版稅，毫無疑問。我僅寫一序，何能與汪、葉二先生同登版權之約，此古人所謂「取之傷廉」，絕不可為者也。請 先生萬勿寫合約寄來，我也不會簽字，此序算是我贈 先生及天地圖書，結一場文字因緣，豈不甚美？所以我也決不接受任何稿費。（我為學報寫學術論文，向不受酬，此是通例。）若寄來，我也寄回，徒增我們麻煩。我希望 先生接受我這一點誠意，此事即到此為止。餘不一一 敬祝

編祺

余英時手復

二〇一〇、三、九

二〇一〇年五月二十日

純鈞先生：

昨日（五、一九）傳真函收到，多謝。廣西師大出版社顧慮的問題是真實情況。我早已知道此書不可能在大陸面世，而且也從未有出大陸版的念頭。只因　先生當時以此見詢，我不便拒絕而已。現在正好告一結束，其他探問之大陸出版機構都因未見我書內容才表示興趣的，此後請即答以我不想出大陸版，免得浪費　先生時間精力也。

前數日與昨天都收到貴公司帳單，我欠買書錢兩千多港幣，此事應如何處理，乞見示。我可以滙上此數，也可由版稅中扣除，不知書賣得如何？如太緩慢，我寧願先滙還書款，以免心中記掛。

又前承寄拙作來美，尚未收到，不知有問題，請一詢見答，至感。祝

安好

余英時　二〇一〇、五、二〇

二〇一二年一月十一日

純鈞先生鑒：

收到來函，十分慚愧，久已答應的序尚未交卷，但在我而言，實在是萬不得已。去年十二月間我本決定必須完汪氏詩詞集之序，卻不料中間插進許多限時交卷的文債，又出於幾十年舊交，不能不答應。（如為董橋兄七十歲文集寫的詩之類）只有將對我最寬容的（如吾　兄）所囑之事，往後推了下去。實在愧對吾　兄也。好在昨天我已開始將與汪詩有關資料鋪在書桌上，準備動手寫序了，今天便收到吾　兄來信，可謂甚巧。我估計五～七日之內必可完成脫稿，後即傳真與　兄，請放心。我一向的習慣是在動筆前，將所有重要資料先讀一遍，胸有成竹，再下筆。今已開始閱讀，明後日可畢，然後寫序言，想　尊處當可以再等待一週左右。先此草覆，以釋　尊念。敬祝

新禧

余英時手上　二〇一二、一、十一

二〇一二年三月二十七日

純鈞先生：

收到本月26日來函，甚為感動。　先生特別熱心要促成我的香港之行，又進一步和書展主辦方面磋商，竟提出最優厚的旅行待遇，實出意料之外，我除了銘感　先生的友情外，對於書展主辦當局也必須表達最誠摯的謝意。務請　先生將此意轉達過去，先此致謝。

我已一再考慮過，也問過我的醫生，我現在健康雖不壞，但年紀畢竟太大了，醫生也認為以不作長途飛行為要，此外還有一更大原因，祇能為　先生言之，請勿對外宣布，即我自覺過於受到學術文化界關注，名遠過於實，決不應再出現於公共空間，剩下一點精力，若能讀未經眼之書，偶然有所述作，或尚可有所貢獻，倘仍如中年時期之種種公開活動，與相識或不相識者，交往頻繁，則必至不再能吸取新知，徒然浪費無多之來日而已。我近來閉戶不出，即出此一認識，非僅限於香港書展一事也。乞　鑒而諒之。敬問

編安

余英時手覆　三月廿七日

二〇一二年四月二十三日

純鈞先生：

前日收到　先生傳真信和《汪詩》跋文，多謝多謝。最近適事忙，未及早覆。乞　恕罪。尊跋敘述成書經過，甚詳實，　先生多年苦心讀者必能瞭解並欽佩也。

汪精衛是一個很敏感的題目，一旦涉及便不免生出是非，我此次破例為之，實由對　先生之信任也。刊出後反響如何，不暇顧及矣。草此短箋，賀　先生大功告成。餘不一一。

敬祝

編安

余英時手上　二〇一二、四、廿三

二〇一二年六月六日

純鈞吾兄：

久未通函，至念。雙照樓集注釋甚獲好評，友人收到者無不打電話來稱許。《上海書評》陸灝先生本欲轉載，其總編輯也欣賞，但終因不敢碰汪精衛問題，最後未成事實，此亦可見　兄之成功也。

茲有相煩兩事：一、「台北、南港、中央研究院、王副院長汎森」（是弟之門人）欲得一部《汪集》，不知兄能寄一部去否？二、前贈弟空郵兩冊，竟被見者強取去，礙於情面，只好割愛。　兄平郵之書則尚未到，倘能再航寄一冊來，則感激之至。不情之請，想　兄或肯俯允。但弟願承擔航寄費用，務乞　示知，以便奉還郵資。餘不一一。

敬問

編安

弟余英時手上　二〇一二、六、六

二〇一二年七月三十一日

純鈎先生：

今天我已請內子特寄兩本《雙照樓詩詞【藁】》與　先生收轉汪夢川先生。這是第二次，第一次航寄天津汪先生收，都已被沒收了。茲將題詞影印傳上，請早日轉告汪先生，以免他惦記。另一本則只有我的簽名加印章。我們美國寄文件或書籍到東方，只有航空一種，與頭等信件一樣，以重量收郵費，故比書籍的價格還要貴不少，此次若再收不到，我只能寫在白紙上以航空信寄　先生轉，不願再一次航郵原書了。先此說明，望先生及　夢川先生諒解。餘不一一。祝

編祺

余英時手啟　二〇一二、七、卅一

1950
年代

朱鴻林
葛兆光
林載爵
丘慧芬
陶德民
陳義芝
楊澤
唐啟華
謝政諭
沙淑芬
陳珏
王汎森

致朱鴻林函——

二〇〇六年三月十八日

鴻林吾兄台鑒：

頃奉贈　尊作兩種，喜出望外，又承　惠書，道及晤談之緣慳，尤增感慨。數年前弟退休之會，出於東亞系同仁念舊之情，邀請友人事弟實未與聞，且弟雅不願驚動朋友，尤恐勞動遠道故人為此集會跋涉，故自始即未提名與會人名，想必得　兄諒解也。去年牟先生紀念會又適值弟早已與國會 the John Kluge Center 約定，在華府研究並與有關學人交流，亦無法抽身趕回，致與　兄失之交臂，至今引以為憾也。

去年讀　兄悼念復禮先生大作，文情並茂，甚為感動。　兄是至情至性中人，無論師友，凡生平有過從者，都念念不忘，此在古者已屬難能，求之今人實為希覯。

尊著尚未細讀，稍稍檢閱數篇，已見於明人文集及明儒思想探討深細。諸文過去散在各處，弟數年前寫朱熹與陽明諸書時竟未及參閱，弟所見雖與　兄有重點之異，但亦不少可以相視而笑，莫逆於心之處。弟《朱熹的歷史世界》及《宋明理學與政治文化》兩書，不知曾寄與　兄否？（弟似曾托黃進興兄代致）倘　尊處尚未收到，當即函黃兄轉寄，乞見示為感。

弟自退休後，即不參加任何會議活動，也不再作演講或教課之事，所以近幾年來大致保持足不出戶。去年華府之行也因限於讀書與研究，故勉強一行，原約弟前去十個月，但弟只接受了五個月。老年治學自覺與中年時期有別，大體上祇能集中在平時胸中所積之問題，讀書亦限於原始文獻，並時賢新著亦多疏於檢查。此因精力與時間都有限，不宜分散。圖書館亦少去，唯恃舊友偶以新著見貽，可以稍知當世潮流，故　兄如有新作，仍盼不時賜寄也。今後讀書亦以「娛老」為主，純是「為己」之學，不能再「為人」矣。

兄讀書深細，用志不紛，倘更能從古人實際生活中探索其用心所在，則考古通今，必別有樂趣。　兄本已近此一路，想或不以弟言為空泛歟！

餘不一一。專此致謝，並頌

撰祺

弟余英時手上　○六、三、十八

內人陳淑平附候

嫂夫人及全家均此問好

鴻林吾兄台鑒：（香港中文大學歷史系轉交 朱鴻林教授）

頃奉贈 尊作兩種，喜出望外。又承 惠書，道及晤
談之緣慳，不勝感慨。弟本屆退休之會，出於普大同
仁念舊之情，邀請何人事先實未與聞，且事前亦不敢驚動
朋友，尤慚黃蔚遠道故人為此專會破費，故自始即未提名
與會人名，想必乃 兄諒解也。去年余先生紀念會又適值
弟早已與 國會 John Kluge Center 約定，去華府研究並與
有關學人交流，亦無法抽身趕回，致與 兄失之交臂，至今
引以為憾也。

去年讀 兄悼念復禮先生大作，文情並茂，甚為感動。
兄是至情至性中人，為論師友，凡生平有過從者，都念念不
忘。此在古昔已屬難得，求之今人，實為希覯。

尊著尚未細讀，稍稍檢閱數篇，已見於明人文集及明儒
思想探討詳細。諸文皆已散在各處，弟數年來未嘗與
陽明諸書付竟未及參閱，弟所見雖與 兄有重疊之點，但
亦不乏可以相視而笑，莫逆於心之處。弟《朱熹的歷史世界》及
《宋明理學與政治文化》兩書，不知曾寄與 兄否？（弟似曾托黃
進興兄代致），倘 尊處尚未收到，當即函黃兄轉寄，乞
見示為感。

弟自退休後，即不參加任何會議活動，也不再作演講或教課之事，所以近年來大致保持足不出戶。去年華府之行也因限於讀書與研究，故勉強一行，原約本為去十個月，但事只接受了五個月。老年治學自覺與中年時期有別，大體上說集中在平時腦中所積之問題，讀書亦限於原始文獻，並對學術著作多疏於檢查，此因精力與時間都有限，不宜分散。圖書館亦少去。唯時舊友偶以新著見贈，可以稍知當世潮流。故

兄出新作，所以不時購寄也。今後讀書亦以「娛老」為主，純是「為己」之學，不能再「為人」矣。

兄讀書深細，用志不紛，倘更能從古人更深生活中探索其用心所在，則考古通今，必別有樂趣。　弟本已過此一境，想兄不以弟言為空泛歟！

餘不一一，專此致謝，並頌

撰祺

弟余英時手上　〇七、三、十六

內人陳淑平附候

嫂夫人及全家均此問好

二〇一二年七月十二日

鴻林吾兄：

七月十一日　手書奉悉，欣聞

兄將於八月初先到NY／NJ附近一行，極為快慰。八月二日（星期四）於弟更為方便，即乞

兄偕女公子亮前來舍下，弟與內人淑平並望能與　兄長談。倘於中午左右前來，則共進午餐。

倘在下午三、四時左右則共進晚餐，務請　兄事前示知時間為感。先匆匆覆此一函，使

兄心理有充足準備，詳情屆時　兄到N.J.附近再通電話連絡可也。　兄到普

城後弟等當可開車來迎也，萬勿客氣。敬問

教安

弟余英時手上　七、十二

陳淑平同此問候

二〇一三年五月二十四日

鴻林兄：

今日收到　大函（傳真），欣悉大駕將於六月三日（週一）下午2—3時路過舍間見訪，歡迎之至。路上開車務必小心，勿趕時間，弟等下午皆在家，不會外出，故　兄不必耽心不能及時到達問題，一切以安全為主，至要。

前函　兄囑為　兄詩集寫一短序，此事因弟一直在趕寫一書，費時多年，今年方脫稿不久，將遵囑為之。但弟年邁多忘，竟遍覓　尊詩稿不得，不知可再賜一份否？若能順便攜來，則感謝之至。若不方便，則弟可改為題　尊集以替代，亦不失為故人致敬之一法，弟書法雖拙，此意則甚真誠也。餘面談。敬問

旅安

弟余英時手上　五月廿四日

內子囑代問候

致葛兆光函——

二〇〇七年三月五日

兆光先生：

神交久矣，惜無緣相見，深引為憾。去年承在香港賜寄大著《西潮又東風》，深佩淵雅識見之超卓，早欲寫信道謝，適值俗累牽纏，一再拖延，至於今日，務乞　恕失禮之罪。《中華文史論叢》新系列亦收到，此刊弟初創時即每期閱讀，文革以後始中斷。弟目前忙於整理英文論文成冊，一時尚未能畢功，稍後有暇，倘精力不衰，必當寫稿投寄也。

今晚收到　先生傳真信，十分高興。久聞文旌南移，今始得實證。　先生創立「復旦文史研究院」，此是盛舉，中國文史研究之復振，有厚望焉。囑為成立典禮寫幾句話，自是義不容辭。甚望研究院能步武清華國學院，為中國人文學術開一新紀元。奉大函後即斟酌如何表達賀意，卒因「復旦」之名憶及《尚書大傳》之〈卿雲歌〉，遂作一小詩，首二句即用原歌之辭，聞一九五二年高校改組後，光華大學亦并入復旦，不知確否？若屬事實，則此歌辭兼及兩校之名，更可謂天衣無縫矣。小詩另用墨筆在宣紙上寫成，以示鄭重。恐典禮日期已迫，只得先以傳真寄上。原件另付郵（乞　示知復旦之地址）。餘不一一。專

此敬問
年禧

余英時手肅　〇七、三、五

兆光先生：

神交久矣，惜無緣相見，深引為憾。去年在香港偶寄大著《西潮又東風》，深佩論斷識見之超卓，早欲寫信道謝，適值俗累牽纏，一再拖延，至於今日，務乞恕其失禮之罪。《中華文史論叢》之贈刊亦收到，此刊草創時即每期閱讀，文革以後始中斷。弟目前忙於整理英文論文成冊，一時尚未能畢功，稍俟有暇，倘精力不衰，當為寫稿投寄也。

今晚收到 先生傳真信，十分高興。久聞文旌南移，今始得實證。 先生創立「復旦文史研究院」，此是盛舉，中國文史研究之復振，有厚望焉。囑為成立典禮寫幾句話，自是義不容辭。甚望研究院能步武清華國學院，為中國人文學術開一新紀元。奉大函後即斟酌如何表達賀意。本因

「復旦」之名據說出自尚書之〈卿雲歌〉,遂作一小詩,首二句即用卿雲歌之辭。聞一九五二年高校改組後,光華大學亦并入復旦,不知確否?若屬事實,則此詩辭義兼及兩校之名,更可謂天衣無縫矣。小詩另用墨筆在宣紙上寫成,以示鄭重。惟春節日期已迫,只得先以詩箋寫上。原件另付郵(亦不知復旦之地址)。餘不一一,專此敬問

年禧

余英時手泐

〇七、二、五

二〇〇七年九月二十七日

兆光教授吾兄鑒：

即日　手書奉悉，感謝之至。吾　兄將命駕大阪關西大學，不勝欣喜。神交已久，無緣相聚，誠為憾事。但勞動　尊駕遠行，內心又感不安耳。弟何敢勞動吾　兄買書攜至日本，雅意心領而已。倘國內近有特應注目之作品（以人文學科而言），　兄能攜一、二冊來，則可治弟孤陋寡聞之病也。

相見在即，餘容面談，專此敬覆並頌

至安

弟余英時手啟　〇七、九、廿七

二〇〇八年五月二日

兆光兄：

　關西大學別後，久欲寫信給　兄道謝所贈　大作及其他專書（《沈寐叟年譜》），一再因事蹉跎，至以為歉。Elman 告訴我　兄五月二十日左右將來普林斯頓訪問，十分高興。我已與校方商定，給弟一個時間單獨與兄相聚。相見在即，企盼之至。

　兄到哈佛後可隨時電話與弟連絡，弟家中電話如下：

[redacted]

　先匆匆寫此短札以表歡迎之忱。祝

旅安

余英時手啟　〇八、五、二

希望此信傳真到時　兄尚未動身　又及

二〇〇八年五月六日

兆光吾兄大鑒：

接到　兄五月四日大函，甚感意外，且深為繫念。視網膜脫落在今日醫學條件下應屬最易醫治之小恙，希望這封信傳到時　兄已大體恢復，乞　安心靜養，全愈後再作遠行計畫。　兄此次訪普大的消息弟甚感興奮，內人亦盼再與兄暢聚並特購普大特製撲克牌兩盒待贈，以為紀念。現在祇好等　兄下次訪美時再奉上了。不勝悵惘之至。但我們相信　兄來美之期必不甚遠，論學談詩指日可待。普大方面想亦必失望，因校方欲與復旦在人文研究領域中進行合作之念頗切，好在此等事並不急於一時，來日方長，靜俟不久有好音也。

兄養病期間不必急於作覆，弟但望　兄完全康復後再通問，俾弟與內人都能早日釋懷。

專此奉覆並祝

早日康復

弟余英時手上　〇八、五、六

內人陳淑平附候

二〇一八年十二月十七日

兆光兄：

昨日收到傳真大作第一頁，第二頁便無一字，以為傳真機不能遠傳美國。今日竟收到全文〔只有第「三」和第「四」節，之間似漏傳了一頁（或二頁）〕但大意已知，請不必再傳了。多謝。

此次承聯經及林載爵兄好意，必欲為我預祝九十，我阻之不得，煩勞許多朋友費神寫文章，我極為不安。兄大文情深意厚，讀之不勝感動，請接受我最誠摯的感激！

我特寫這封傳真信，試試您的新機器是否可以收到。收到後請傳一句話見告，使我放心。

等你們明春來相聚。敬祝

撰安並問

戴燕安好！

英時手上　二〇一八、十二、十七

淑平問候

兆光兄：

謝謝傳來遺失的一頁，同時也告訴我，您已收到我的傳真，一箭雙鵰，此之謂有智慧。

不多說，祝

雙安

英時　二〇一八、十二、十七

致林載爵函——一九七九年七月七日

載爵先生：

六月廿三日來　示收悉。拙作承建議命名為「中國古代知識階層論」，用意甚佳，且亦簡明，弟再經斟酌，略有變更，擬定為「中國知識階層史論：古代篇」（或「中國知識階層史研究：古代篇」）更為扼要。「古代篇」可作為副題，書名便不太囉嗦矣。弟以後在此一大範圍尚擬續有撰述，時代方面將漸移至隋唐以後，將來亦可再續出「中世篇」、「近世篇」之類也。請代斟酌如何？此稿現又多出一篇，即最近完成之〈名教危機與魏晉士風的演變〉（約兩萬四千字），全書共得四篇，上起春秋下至晉代，自成系統與段落，較原來之想法更好。想　兄亦必樂聞也。增刪工作大約三星期左右可完工，八月初定可寄上，未知今年能印出否？另有一些技術問題，曾函劉國瑞先生商量。專此奉復並頌

編祺

余英時頓首　七、七

載爵先生：六月廿三日來示收悉。拙作承建議命名為「中國古代知識階層論」，用意甚佳，且亦簡明，本再經斟酌，略有變更，擬定為「中國知識階層史論：古代篇」（或「中國知識階層史研究：古代篇」）更為扼要。「古代篇」可作為副題，書名似不太囉嗦矣。我以後在此一大範圍尚擬續有撰述，時代方面將擬及隋唐以後，將來亦可再續出「中世篇」、「近世篇」之類也。請代斟酌為荷。此稿現又寫出一篇，即最近完成之「名教危機與魏晉士風的演變」（約兩萬四千字），全書共得四篇，上起春秋下至魏晉代，自成系統與段落，較原來之構想更好，想先生亦必樂聞也。增刪工作大約三星期左右可完工，八月初定可寄上，未知今年能印出否？另有一些技術問題，當函劉國瑞先生商量。專此奉復，並頌

編祺

余英時 上

七、七、

二〇〇四年四月十五日

載爵兄：

謝天謝地，總算寫完了最後一個字。昨天傳真到一六〇頁，未得回音，不知清楚否？今再傳最後十一頁（即161—171頁）收到後盼見告，是否都清晰，以免我懸念。需要我再快郵寄印本嗎？盼示。

此文寫得如此長，實非始料所及。我心裏十分焦急，真怕誤了你們的作業。但我又不能潦草結束，有首無尾。只好拚老命日夜趕工，也不知究竟連累你們到什麼程度，現在後悔已不及矣。一個月寫了八、九萬字，此亦平生第一次的經驗，以後再不敢嘗試了。將來印書校樣，我還要看一遍，小有改正補充之處。李孝悌想貴社與中研院合作，我要他和你商量。

餘不一一。祝

安好

余英時　〇四、四、十五

二〇〇四年四月二十一日

載爵兄：

寄四十二頁，有改正，錯字甚少。頁一七六，我新改正的，把「知識分子」改為「知識人」。我越來越不喜歡把「人」看成某種「分子」，所以再不用「知識分子」了。請注意。

祝

好

余英時　〇四、四、廿一

戴寧兄：

第四十二頁，有改正，錯字甚少，頁一七六，我請改正為，把「知識分子」改為「知識人」，我越來越不喜歡把「人」看成某種「分子」，所以再不用「知識分子」了。請注意。

祝

好

金耀基 四．廿一．〇〇

二〇〇四年九月五日

載爵兄：

因為新材料的發現，我為〈從《日記》看胡適的一生〉一文寫了一篇〈後記〉，共十頁，現傳上，希望能補入大陸版。

北京三聯編輯卻告訴我：您最近已同意他們將此文收入我的「著作系列」，不過要在廣西師大出版社發刊單行本之後，不知是如此否？如屬實，我很同意，我也一再要三聯千萬不要搶在前面，他們似乎很有文化理想，與一般貪心牟利為第一考慮的大陸出版家不同。此次出我的「系列」，最早是由董秀玉女士是一力促成的，她雖已退休，仍關心此事不已，她確是有理想的人，甚為難得。

餘不一一。祝

安好

弟 余英時手上　〇四、九、五

二〇〇四年十一月十七日

載爵兄：

近寫〈胡適「博士學位」案的最後判決〉一文已成，一再斟酌，終於定稿。茲先傳真一份，請　為打字，再傳真給我校閱。另航寄一本，以備參考，大約幾天後才能遞到。此文將來拙作有再版機會，可作附錄，收在原文第一節之後（頁15）。我自覺此文發掘了胡先生生命史上重要的一頁，為從來所不知，不僅徹底澄清「學位」問題而已。我的胡適研究，至此已終結了。

〈聯副〉如願刊登，我不反對，但請用我的原題，（此文太長，恐須分三次刊出。）至要至要。陳義芝兄曾約我每月為副刊寫一文，但未必能作到，此文如適合該副刊需要，即請自由使用。但千萬不要為了情面問題，勉強刊行。事實上，我並不十分熱心將嚴肅的研究理論文，先在副刊上宣揚也。將來我收集近年新寫學術論文成書，也準備將此文收入。所以我想先請貴社代為打印出來。多謝多謝。

餘不一一。祝

編安

余英時手上　〇四、十一、十七

二〇〇四年十二月十七日

載爵兄：

前日電話談到我的英文著作漢譯集事，我當與大陸說明，保留繁體字出版權，俟有定論，再當函告。

今年收到《胡適日記》四—六冊，多謝。我收到後即查一九二六年十二月廿六日條（冊四，頁六〇四），看到《名學史》一百冊仍作「寄到 Dena 處」，而不是 Dewey，我很失望。又偶然在第六冊，頁728，「廿二、十二、廿一」條發現下句：

「羅（隆基）君自認因父受國民黨的壓迫……」（最末行）

此「父」字是「久」字的誤釋，亦宜改正。國民黨並無「壓迫」羅隆基之父的事，此誤將會引起後果，有人也許會去查考此處無縹緲之事。（我查對了遠流影印本，決是「久」字）。此二誤我忍不住要告訴吾　兄也。餘不一一。祝

安好

余英時　〇四年十二、十七日

此套《日記》若能細查一遍，列出「勘誤表」，則更為完備。又及

二〇〇五年一月十九日

載爵兄：

今日偶查《胡適日記》（大陸本）「1938.4.24」日條，發現有一重大錯字，必須改正：胡適記他的老師 George Lincoln Burr 的晚年談話，有一句是：

「他以為歷史上 toleration（此是遠流影印本原文）比 rebellion 更重要」

大陸影印本將「rebellion」誤印成「warfare」了，我希望聯經本不要跟著發生同樣錯誤。

這句話胡適晚年記錯了，變成「容忍比自由更重要」，並常常給人寫這幾個字，他在《自由中國》社演講「自由與容忍」也是因誤憶而來，所以此諺（「容忍比自由更重要」）是胡自己的創造，不能歸之於老師 Burr，此事甚關重要，我希望聯經本不致犯大陸本同樣的錯誤，此條應在聯經本第七冊，現尚未出，請　兄趕快查一查。

祝

新禧

余英時上　05・1・19

二〇〇五年三月一日

載爵吾兄：

茲有一小事與聯經商量。昨天北京「人民文學出版社」編輯周絢隆先生打電話給我，他們要編印一部紅樓夢研究經典論叢系列，極盼收入我的《紅樓夢的兩個世界》，與俞平伯先生等人的專著放在一起，希望我能與他們簽約，他們已知此書已由上海印過，但仍願重刊。我因該書最初是由聯經授權上海社科院出版社印行，恐引起版權問題，不敢答應，但已允向聯經查詢後再答覆。上海社科院出版此書已三年，不知有無重印？且三年來亦未聞銷行如何，至少我沒有得到任何消息。所以我想請　兄一查聯經如何與上海社科院出版社定約？「授權」的確切法律意義又是什麼？我允人民文學出版社重刊又在法律上有何不妥？大概因為我的書今年在大陸刊行了十餘種，引起注意，人民文學出版社也許想趁熱鬧，他們的要求甚迫切，同時收入一部叢書之內，亦非全無意義，我因此不得不寫此信與聯經商量。請　兄一詢究竟，儘快給我一個回音，至感至感。

餘不一一。即祝

安好

弟余英時手啟　〇五、三、一

二〇一一年一月五日

載爵吾兄台鑒：

今日得讀友人康正果先生《百年中國的譜系敘述》的〈導言：從價值轉換到歷史還原〉，甚為感動。康先生書中所收論文弟也讀過若干，今合在一起，弟認為是「紀念中華民國百年」最上乘的作品。所以，我特別寫此函致　兄，請細心一讀，但康先生並未托我，他是最正直最有尊嚴的學人，從不求人為他的著作之出版向任何方面說情，以前我為他的《我的反動自述》（台北版改稱《出中國記》）寫序……故弟特寫此函，誠心誠意作客觀之推荐。

此函之緣起如下：康先生今日在電話中偶然提到他此書不易找出版者，已得一網上出版家同意出版，其中〈導言〉一篇，因丘慧芬介紹與錢永祥兄，並云　兄看過亦覺有興趣。弟以此請康先生暫勿與網上出版家簽約，並請他傳真〈導言〉與弟一讀。今讀後甚為感動與佩服，故敢逕與　兄相商。倘聯經能出版，即為大好事，但弟完全尊重　兄及出版社之決定，只望能予此書稿一「鄭重而嚴肅的考慮」之機，決無絲毫強說人情之意味，如　兄與出版社經考慮後，不願出版，弟絕不介意，康先生本無此想，弟慫恿他一試，故事如不諧，他也

絕不致見怪也。餘不一一。敬問

編祺　並祝

新年萬事如意

不久弟當再電話與　兄一談

弟余英時手上　二〇一一、一、五

二〇一三年七月二十八日

載爵兄：

今日（尊處星期一上午十時半）打電話，據云：兄今日不上班，故寫此傳真來。

陳弱水告訴我，已將拙作《論天人之際》書稿全部電子檔案傳給吾　兄了。另外我的〈代序〉（長四萬字）刊於《思想史》學報者也已完稿，送至聯經刊出。所以我這部一再延緩的書稿，現已齊備，可由聯經排印了。我寫此信是想請　兄在全稿排成後，將校樣快郵（國際快郵）寄我一閱，我必立即校閱，一、二日內即以傳真傳回有問題之頁，不致誤時。（如無錯字，則傳真告　兄）請釋念。祝

安好

弟余英時手啟　二〇一三、七、廿八日（晚）

二〇一三年十月三十一日

載爵兄：

有一小事擬請　兄幫忙。史語所方面說《思想史》雜誌已出版多日，蓋已由聯經航快寄弟一冊及弟文單行本一冊。但至今尚未收到。最近大陸友人所辦雜誌想轉載弟文一部分，向弟索稿，弟無以應。只好請　兄囑出版社快航寄一冊弟文之單行本來，以應急需。郵費由弟本人負責（在版稅中扣除，或由弟托人寄台幣郵費數目與　兄處）。

兄之忙碌弟所深知，以此瑣事相煩，甚感抱歉，但別無他法，乞　諒。又弟書稿擬請寄最後校樣來，弟欲親校一次。不知已排印完畢否？念念。專此敬問

安好

余英時手啟　二〇一三、十月卅一日

二〇一三年十二月一日

載爵兄：

拙作「天人之際」已校完，傳了十二頁與沙淑芬女士。　兄有暇可一過目。

電話上我說要傳我的《胡適》一書給一位北京親戚，姓名地址如後：

王范地先生　北京朝陽區[redacted]

似乎聽說《胡適》書已有大陸簡體字版，但可能無此事，是人誤傳。如有大陸本，寄去更方便，若無大陸本，則煩　兄囑聯經同人寄一冊台北本去。多謝。

《胡適》書，我曾有改正本寄聯經，希望仍存在。倘再版可用。又再版應收我後來所寫：〈「胡適博士學位」案的最後判決〉一文（二〇〇四年寫的），使全書完整。此文收在我的《情懷中國》（香港　天地圖書，二〇一〇年，頁114—132），但修訂再版及增加此文最好由聯經在台北進行，我願校最後一次。我不信任大陸出版社，因有「政治編輯」從中搗亂，甚為可惡也。

我不是要促聯經再版《胡適》書，而是想到有此一心事，至今未了。特提醒　兄一下，請在時機成熟時為之。餘不一一。敬祝

安泰

余英時　二〇一三、十二、一日

二〇一五年二月十二日

載爵吾兄台鑒：

去歲九月台北之行，承　兄安排招待，得重晤許多老友，都是多年未見之至交，感謝之極。

歸來後事忙，又須趕寫一英文長論，收入拙作英文文集中，不久前始告一段落，未及早修書道謝，務乞見諒。

茲值乙未新年即至，特與內人陳淑平共祝

兄萬事如意

闔府康泰！

余英時
陳淑平　同賀　二〇一五、二、十二

二〇一七年九月十九日

載爵兄：

收到許先生大作已多日，我為了認真推荐，曾通讀全書多次，希望能勾勒出此書的最重要的優點及其對學術界的貢獻。推荐書也一再修改、重寫而成。年老思維遲頓，頗費時日，已非往日可比矣。收到後請傳真示知，使我放心！

此是「推荐書」，而非書評，故我只講長處，不提及任何異同之點。想蒙鑒許。至於如何從中摘取三、五句以用於封底，則請　兄及編輯部決定，弟無不同意也。打字後若能由我親校一次，則更妥當。

餘不一一。祝

大安

余英時手上　二〇一七、九、一九

二〇二一年七月十七日

載爵兄：

大函收到，共兩張：一即信，另一目錄（空白）一頁，未列各書名稱。我年邁，記憶不佳，請貴社開列一詳實書名來，當一次寫成寄上。

承介紹新總編輯涂豐恩先生，以後當有領教的機緣，先此致謝。

祝

編安

弟余英時手上

2021．7．17

林載爵先生

載爵兄：

大函收到，共兩張：一份信另一目錄（空白）一直未列出書名稱，我年邁，記憶不佳，請貴社開列「詳實書名」來，當一一追憶寄上。

承介紹新任編輯陳豐恩先生，以後當有煩教的機緣，先此致謝。

祝

編安

弟余英時手上
2021.7.17

致丘慧芬函——

二〇一五年四月九日

邁可
慧芬：

多謝送三羊開泰郵票和其吉祥禮物，我們甚感溫暖，前寄上陳光誠新書，此書頗值得一讀，希望　你們喜歡。兩位為我書稿費去無數心血，已不是一個「謝」字可以表達感激之情了。

敬祝

安好

英時
淑平　同上　二〇一五、四、九

二〇一五年五月二十六日

慧芬如晤、邁可同此：

謝謝寄來九封簽名信及與哥大的授權信，再加上寄給香港 Rendition 的 Stephanie Wong 一信。香港信我們即直接寄去，其餘九函及哥大一函，簽名後寄還給 你們。如此麻煩老朋友，於心極不安，但現在只有這樣做了。你們十分細心，一切可能的問題都為我先想到了。謹此再致最鄭重的謝意，雖明知一個「謝」字太不成比例了。

祝

雙安

英時手上　五、二六、二〇一五

淑平同此問候你們兩位！

二〇一六年二月五日

邁可
慧芬：
敬祝　猴年大吉，諸事順遂。

今天收到寄來拙集兩卷的閱卷資料，詳盡之至，可見　兩位為了我這部書所費時間和精神之大，感激之詞已找不到適當的字句了。祇有存之胸中，永誌不忘。關於你們所提供的描述和說明，我已不可能再找到任何補充之點了。

匆匆寫此短簡致意，敬祝

安泰。

英時上　2016・2・5
淑平附候

二〇一六年二月二十日

慧芬
邁可　同鑒：

這次編我的兩本文集，讓　你們費盡心思，種種作業，是我事前不能想像的。淑平和我都感動之至，淑平買一銀行支票，寄給你們，決不是一般所謂經濟酬報，而是表示和你們分享一點「漢學獎」（我自知我不配得此獎），讓你買些書籍，作你們各自進行的研究。淑平這一想法我極為贊同。請你們記住這是情感交流，學術上的匯合，千萬不能把此支票看作「錢」。但淑平最近告訴我，你們準備將支票留起來作紀念，不去兌現。我當然深知你們的高尚心意，但我感到有一點不妥當的地方。一般留支票作紀念而不到銀行兌現，都是指私人支票，不兌現並不觸動存款，我們相贈的是向銀行買了的支票（淑平說是怕你們不接受才不用私人支票，而特別去買銀行支票），所以此支票留之不用，銀行便白白沒收這筆錢了。所以我想建議你們無論如何還是去兌現，但可照一副本貼之為紀念。至於你們如何處理此款，或自己買書，作研究開支（正如一般基金會之 fellowship），甚至幫助別人研究的緊急需要，都可以，完全由你們作主，我們完全不聞不問。我祇是覺得讓已是財富充足的銀行老闆吞去這筆小款是不公平的。

特以此意提供　你們參考，並祝新春大吉！

英時手上　2016・2・20

淑平問候你們！

慧芬
遠可 同鑒：這次編我的兩本文集，
讓你們費盡心思，種種作業，是我事前
不能想像的。淑平和我都感動之至。淑
買一銀行支票，寄給你們，決不是一般所謂
經濟酬報，而是表示和你們分享一点
"漢學獎"（我自知我不配得此獎）。讓
你買些書籍，但你們能自由進行的
研究。淑平這一想法我極為贊同。請
你們記住這是情感交流、學術交
的匯合，千萬不要把此支票看作"錢"
但淑平最近告訴我，你們準備將
支票留起來作紀念，不去兌現。我當
然深知你們的高尚心意，但我感
到有一点不安心的地方。一般留支票作
紀念而不到銀行兌現都是指私人支
票，不兌現並不觸動存款。我們相
給的是向銀行買了的支票。（淑平說
（見左面一頁）

是指你們不接受才不用私人支票，而特別去
買銀行支票）。所以此支票留之無用，銀行
便白白得收這筆錢了。所以我想建議
你們無論如何還是去兌現，但可照
一副本貼之為紀念。至於你們如何
處理此款，或自己買書，作研究調查
（正如一般基金會之fellowship），甚至幫助
別人研究的緊急需要，都可以完全由
你們作主，我們完全不聞不問。我私
意覺得讓已是財富充足的銀行老闆吞
去這筆小款是不公平的。
特以此意提供你們參考。並祝
新春大吉！

英時手上
2016.2.20
淑平問候你們！

二〇一七年二月二十日

慧芬、邁可：

多謝2月2日來片，更感激找到那麼多的「首日封」，不但有「吉」有「祥」，還有「馬」年的，是我（英時）最想要的。有此一難得的本命首日封，我希望又可以多活幾年，看大陸有起死回生的一日。

英時
淑平 同上
2017・2・20

二〇一八年十二月二十六日

To Our Dear friends, Michael & 慧芬：

恭賀新年，萬事如意。多謝賜寄羊毛圍巾各一幅，精緻而匹佩，立即用上，不知如何感謝！

我們盼望慧芬腳骨早日全癒，千萬珍重。

多謝 Michael 願意譯回憶錄，但此事必須在 Michael 健康而閒暇時為之，千萬不能因此而變成負擔，只當作一遊戲，成與不成，都無大關係。如此我們才心安，一萬個感謝！

英時
淑平　同賀

2018・12・26

二〇二〇年五月十七日

邁可、慧芬：

你們兩位化了那麼大的精力和那麼長的時間，把我的回憶錄翻譯出來，真讓我無限慚惶、無限感動。我實在想不出用什麼方式來表達我內心深處的感受。我祇能說：這裏已用不上「感謝」的意思，但可看作我們為追求人生的基本價值，做出了共同的努力。

我會認真拜讀譯稿，若有所見，一定奉告。不過老年人恐怕要多用一些時間，請原諒。

敬祝

兩位安好

英時手上　二〇二〇、五、十七

邁可、慧芬：

你們兩位化了那麼大的精力和那麼長的時間，把我的回憶錄翻譯出來，真讓我無限慚愧、無限感動。我實在想不出用什麼方式來表達我內心深處的感受。我祇能說：這裏已用不上「感謝」的意思，但可看作我們為追求人生的基本價值，做出了共同的努力。

我原想認真拜讀譯稿，若有所思，一定奉告。不過老年人恐怕要多用一些時間，請原諒。

敬祝

兩位安好

萬特手上 二〇二〇．五．十七

⚘致陶德民函——

二〇〇七年四月十五日

德民兄如晤：

事忙未及早寄錢先生函稿，乞諒。此本我無暇去影印（即日去D. C.四月廿八日回普城），請　兄代印後仍以原本寄回，以便存檔為感。

Kluge獎，事出意外，中文報導（包括大陸）已多，不用寄　兄了。茲檢出美國國會圖書館館刊原始報告兩份，最為權威，述提名及入選過程較詳，此外有New York Times最早報導及New Jersey一家最大報紙的訪問記一份，聊備閑時一閱。此事招來不少費時的額外活動，五月尚有美一家radio要我到紐約去在傳播器上談一個半小時，今天去將去國會與參、眾兩院議員早、午餐，並給一公開報告，實在忙得焦頭爛額，但責任隨獎而來，又不能推辭，甚以為苦，希望熱鬧及早過去（中文報章、雜誌、電台尚不在內），可恢復平靜讀書生活。　尊著必精彩萬分，盼早日得入目。餘不一一。祝

撰祺

余英時手上　〇七、四、一五

二〇〇七年九月一日

德民兄：

這三個星期中，我讀了不少新舊文獻，也參考了有關日本的論著（英文為主），勉強寫成此稿。我是臨時抱佛腳，針對「東亞文化交涉學研究中心」成立這件事，寫一篇祝賀和期待的講詞，以適合成立典禮的需要。我的觀察自然很膚淺，不值專家一笑。但是我也有一些真實的體會，藉此說出來，請　兄指教並改正。

題目是寫成後定的，如　兄有更好建議，可以更改。講詞寫得太長了（共21頁），演【講】時恐要刪削五分之二，不過全文仍可保留，請　兄譯出來為將來刊行之用。哪些部分可以在講時省畧，也請　兄代為斟酌。以後可以通過傳真討論此事。

另一篇文章講我自己的過去研究，不用從頭作研究，大約三、五日即可草成五千字左右傳上，請先告訴吾妻重二兄一聲，請他等三、五天，不致誤事。以下還要寫英文講生死問題，真是太緊了。

餘不一一。祝

撰安

余英時手上　〇七、九、一

德民兄：

這三個星期中，我讀了不少新舊文獻，也參考了有關日本的論著（英文為主），勉強寫成此稿。我算臨時抱佛腳，針對「東亞文化與漢學研究中心」成立這件事，寫一篇祝賀和期待的講詞，以適合成立典禮的需要。但是我也有一些我的觀察自然很膚淺，不值專家一笑。但是我也有一些真實的體會，藉此說出來，請兄指教並改正。

題目是寫成後定的，如兄有更好建議，可以更改。講詞（共五頁）似乎太長了，宣讀時恐要刪節五分之二，不過全文仍可保留，請兄譯出來為將來刊行之用。哪些部分可以在講時省略，也請兄代為斟酌。以後可以通過傳真討論此事。

另一篇文章講我自己的道學研究，不用從頭作研究，大約三、五日即可草成五千字左右傳上。請先告訴要婁重之兄一聲，請他等三、五天，不致誤事。以下不必寫英文講生死問題，其英文太嚕囌了。

餘不一，祝

撰安

余英時 上

〇七、九、二

致陳義芝函

二〇〇四年四月二十九日

義芝先生：

大示收到。久未能為副刊寫文，實因事忙，我已先與林載爵兄言及，副刊可選登拙作一、二節，以答　兄久囑為文的雅意。今　兄已選「赫貞江上之第二度之相思」一段，自在意料之中。但此不過是一段插曲，我的全文主旨是在透顯胡適一生的理想與努力及其與時相忤的深層原因。故務請　兄說明此意，以免讀者誤會此文是在發胡氏隱私，投讀者所好，則與鄙意全相違反矣。　兄函中所言，已見及此點，弟不過再說一遍以示鄭重耳。

久不為雜文，實因我自問與當前潮流，格格不入，不欲強人所難，故數年來只寫本行東西，與世少交涉，不再作出位之言，招人怨恨也。專此敬復，並祝

編祺

余英時　四、廿九

聯合報副刊 陳義芝先生收

義芝先生：

大示收到。久未為副刊寫文，實因事忙，我已先與林載爵兄言及，副刊可選取拙作一二節，以答兄久催為文的雅意。今 兄已選取「[illegible]江上之第二度之相思」一節，自在意料之中。但此不過是一節樣本，我的全文主旨是在追蹤胡適一生的理想與努力及其與時相推移的深層原因。故務請 兄說明此意，以免讀者誤會此文是在發掘什麼隱私，投讀者所好，則與本意全相違背矣。 兄函中所言，已見及此點，弟不過再說一遍以示鄭重耳。

久不為副刊寫文，實因我目前與當前潮流，格格不入，不敢強人所難，故數年來只寫本行東西，與世少交涉，不再作出位之言，招人怨恨也。專此敬覆，並祝

編祺

余英時

四、廿

致楊澤函——

一九九四年十二月二十二日

楊澤兄：

此次在台北匆匆四日，不及面敘為憾。現有一事托　兄代勞。我現在正集舊文成一書，名為《歷史人物與文化危機》，由三民書局刊行。其中除在「人間」所刊之論毛澤東文二文外，還需包括以前所寫〈從中國史的觀點看毛澤東的歷史位置〉一文，但此文已收入時報文化出版公司之《史學與傳統》中。現在台灣出版法嚴格，三民書局要求我取得時報文化出版公司的正式書面許可，才敢印行該文。因該文是我論毛的首篇，如不收入，讀者不能見其全。故想請　兄轉問時報文化公司，可否寫一信給三民書局（王韻芬女士），說明可以同意該書局收入此文於《歷史人物與文化危機》一書中。如有任何條件亦請早點告訴我，以便照辦。我因不知時報文化公司現由何人負責，故無法直接寫信，只好請　兄即為我一辦此事。我另附一信致時報文化公司，乞即轉致。並早點告訴我接洽的結果。多謝多謝。祝　好

余英時上　十二、廿二

攜嬋先生此次在台北匆匆四日，不及面叙為憾。現有一事托 兄代勞。我現在正集舊文成一書，名為「歷史人物與文化危機」，由三民書局刊行。其中除去「人間」所刊之論毛澤東二文外，還要包括以前所寫「從中國史的觀點看毛澤東的歷史地位」一文。但此文已收入時報文化出版公司之「史學與傳統」之中。現在台灣出版法嚴格，三民書局要求我取得時報文化出版公司的正式書面許可，才能印刷該文。因該文是我論毛的首篇，若不收入，讀者不能見其全。故想請 兄轉詢時報文化公司，可否寫一信給三民書局（王韻芬女士），說明可以同意該書局收入此文於「歷史人物與文化危機」一書中。如有何條件，也請早些告訴我，以便照辦。我因不知時報文化公司現由何人負責，無法直接寫信，只好請 兄即為我一辦了。我另附一信致時報文化公司，兄即轉致。並早些告訴我接洽的結果。多謝！

祝
好

余英時上 十二、廿二

致唐啟華函——

二〇〇八年四月二十三日

啟華主任吾兄台鑒：

上週末外出，前日回寓，始拜讀

先生賜示及傳真本，以致稽答，務乞　恕罪。尊函情詞並茂，雅意拳拳，捧讀之餘，不勝

感愧之至。承告

貴校校務委員厚愛，一致決議賜頒榮譽博士學位，益增惶悚。此實弟意想不到之殊榮，銘

感無既。先此致最深之謝忱，並乞向

貴校校務委員諸公代達弟感激之意。

貴校素以人文社會科學之輝煌業績為世所尊，名師及傑出校友為弟所仰慕者，代有其人。弟

竟獲　貴校青睞，實生平之至幸。猶憶一九七一年初次訪台北，弟即至木柵拜謁當時校長

劉季洪先生，因　季洪先生與先父與先岳皆至交也。忽忽三、四十年，記憶猶新。以此一

段前緣之故，得　尊函更感溫暖焉！

弟自二〇〇一年退休以來，自問年事已高，極少遠行。去歲弟母校香港新亞書院與中文

大學為弟設一史學講座，欲弟前往為首次主講，亦因體力不勝遠飛，不得已而辭謝，至今猶感不安。　貴校此次特賜以無上榮寵，弟於情於理皆不容辭謝。唯弟知各大學畢業典禮皆有定期，適今年六月底至七月八日弟將返台北參加中央研究院會議，在台時間亦甚匆促。若一年兩次越太平洋，實為弟體力所萬難負荷。以此得

尊函後，頗為躊躇，不知如何作答。再三考慮之後，擬請　先生賜示　貴校畢業典禮時間，以便再作進一步之籌劃。如荷

先生及　貴校同情，則更為感激不盡矣。先此佈覆，不勝惶愧之至。　敬頌

教安

弟余英時手上　○八、四、廿三

啟華主任吾兄台鑒：

上週來外出，前日回寓，始拜讀

先生賜示及傳真本，以致稽答，務乞 恕罪。

尊函情詞並茂，雅意拳拳，拜讀之餘，不勝感愧

之至。承告

貴校校務委員厚愛，一致決議贈頒榮譽博士

學位，益增惶悚。此實弟意想不到之殊榮

銘感無既。先此致最深之謝忱，並乞向

貴校校務委員諸公代達弟感激之意。

貴校素以人文社會科學之輝煌業績為世所尊

名師及傑出校友為弟所仰慕者，代有其人。弟竟

獲　貴校青睞，實生平之至幸。猶憶一九七一年

初次訪台北，弟即至木柵拜謁當時校長劉季

洪先生，因 季洪先生與 先父與先岳皆至交也。

匆匆三四十年，記憶猶新。以此一段前緣之故，得

尊函更感溫暖矣！

弟自二〇〇一年退休以來，自問年事已高，極

少遠行。去歲弟母校香港新亞書院與中文大學
為弟設一史學講座，欲弟前往為首次主講，亦因
體力不勝遠飛，不得已而辭謝，至今猶感不安。
貴校此次特備以無上榮寵，弟於情於理皆不容
辭謝。唯弟知各大學畢業典禮皆有定期，適
今年六月底至七月八日弟將返台北參加中央研究
院會議，在台時間亦甚匆促。若一年兩次越太平
洋，實為弟體力所萬難負荷。以此得
尊函後，頗為躊躇，不知如何作答。再三考慮之後，
擬請　先生婉示　貴校畢業典禮時間，以便
再作進一步之籌劃。如荷
先生及　貴校同情，則更為感激不盡矣。先此佈
覆，不勝惶愧之至。敬頌
教安

弟　余英時　手上
〇八、〇、廿三

致謝政諭函——

二〇一七年十一月二十日

政諭吾兄大鑒：

質平兄歸來，攜下　兄贈照片、黃梅戲照片多種，不勝感謝。　兄不辭勞苦，竟親赴潛山官莊，訪弟舊居，攝影留念，令人感動，承雅愛，以弟為研究項目，尤不敢當。　兄之兩年計劃書，已細讀一過，足見用心之深、用力之勤。但弟既為當事人，自不便作具體建議。祇有一點小事向　兄提出：弟論「內在超越」，早在八十年代，後研究古代思想起源，始覺當改作「內向超越」（"inward transcendence"）此與「內在超越」（"immanent transcendence"）涵義大不同，故後來廢去「內在」，一律以「內向」代之，詳見《論天人之際》。此一轉變望　兄將來作一澄清，為感。

茲寄上英文論集兩冊，去年始刊出。供　兄參考。餘不一一。專此致謝，並問

大安

弟余英時手上　二〇一七、十一、廿

牧謙吾兄大鑒：

頃平安歸來，捧讀 兄贈照片、黃攝我時片多種，不勝感謝。 兄不辭勞苦，竟親赴潛山官莊，訪弟舊居，攝影留念，令人感動，承雅愛，以弟為研究項目，尤不敢當。

兄之此事計劃書，已細讀一遍，足見用心之深、用力之勤。但弟既為當事人，自不便作具體建議。祇有一點小事向 兄提出：弟論「內在超越」，早在八十年代，後研究古代思想起源，始覺當改作「內向超越」（"inward transcendence"）。此與「內在超越」（"immanent transcendence"）涵義大不同，故從本處起「內在」，一律以「內向」代之，詳見《論天人之際》。此一轉變，望 兄將來作一澄清，為感。

茲寄上英文論集兩冊，去年始刊出。備 兄參考。餘不一一，專此致謝，並問

大安

弟余英時 上 二〇一七、十二、廿

致沙淑芬函——

二〇〇八年五月十六日

淑芬女士鑒：

收到來信，目錄已重新編過，依照號碼排版，共25篇。因趕譯太緊，我忽然記得有兩篇已有中譯本，但譯文有誤，我未保留，仍可查到，即

一、Modernization Versus Fetishism of Revolution...（原文刊在Eric Wu（吳東昇）and Yun-han Chn（朱雲漢）eds., *The Predicament of Modernization in Asia*（Taipei: National Cultural Association, 1955）

但書有中文譯本，請問黃進興先生，他或許可找到。

二、Clio's New Cultural Turn and the Rediscovery of Tradition in Asia. 此文也有中文譯本，刊在鄭培凱先生（現在香港城市大學任教）在美時所編《九州》雜誌上，大概是一九九二年或一九九三年某期上，譯文也不甚佳，應修改一下。此二篇若找到中譯本便可省事不少。祇有一篇（Confucianism & China's First Encounter...）需譯出，應不致太趕了。我已告訴了王汎森先生，請將此頁傳真給他看，他大概可以找到兩篇譯文。

祝 好

余英時 〇八、五、十六

淑芬女士：

收到來信，目錄已重新編過，號碼撤除，共25篇。

因趕譯太緊，我忽然記得有兩篇已有中譯本，但譯文有誤，我未保留，仍可查到，即

一、Modernization Versus Nihilism of Revolution …（發表於Eric Wu（吳元黎）and Yun-han Chu（朱雲漢）eds., The Predicament of Modernization in Asia (Taipei: National Cultural Association, 1995)）

但書有中文譯本，請向黃進興先生，他或許可找到

二、Clio's New Cultural Turn and the Rediscovery of Tradition in Asia. 此文也有中文譯本，刊在鄭培凱先生（現在香港城市大學任教）當時所編《九州》雜誌上，大概是一九九二年或一九九三年某期上。譯文也不甚佳，須修改一下。此二篇要找到中譯本便可省事不少。現有一篇（Confucianism & China's First Encounter ……）需譯出，或不致太趕了。我已告訴了王汎森先生，請將此信複印寄給他看，他大概可以找到這兩篇譯文。

祝好

余英時 〇八、五、十六

致陳玨函

二〇〇六年二月二十六日

陳玨老弟：

清華推荐信已寫好（三頁整）並已傳其信給該校國文系，傳真後我又打電話到該系，問問有未收到，是否清楚，系中祕書小姐說：收到了，很清楚。原信我將於明日航寄新竹清華，請　弟放心。

為寫信之故，我又細看了你的新書，有一小發現請　弟注意。　弟論歐陽詢事與「蠻子」有關，又可能與道教有關。這兩點都很敏銳，但我要提醒　你，陳寅恪在〈魏書司馬叡傳江東民族條釋證及推論〉（收在《金明館叢稿初編》）中已先論及這兩點，他推斷歐陽詢是「溪」族或「俚」族（即「蠻」之二種），而「溪」族則奉天師道信仰，六朝人又往往呼「溪人」為「溪狗」，如此則又與「狗」（槃瓠）圖騰有關矣。我於　弟文似未見引及陳文，特以奉告。倘　弟已用陳文則可不論，若萬一漏去（我可能讀得不夠細），將來再版似應補入。但此是小節，無關大體，乞恕我吹毛求疵。

祝

安好

英時　〇六、二、廿六

陳珏老弟：　　Dr. Jue Chen

清華推薦信已寫好（三頁稿）並已傳真給該校國文系。傳真後我又打電話到該系，向之有未收到，是否清楚。系中秘書小姐說：收到了，很清楚。原信我將於明日掛寄該清華。請　弟放心。

為寫信之故，我又細看了你的新書，有一小發現請　弟注意。弟論歐陽詢事與「寶子」有關，又可能與道教有關。這兩點都很有啟發，但我要提醒你，陳寅恪在〈魏書司馬叡傳江東民族條釋證及推論〉（收在《金明館叢稿初編》）中已先論及這兩點。他根據歐陽詢是「溪」族或「傒」族（即「溪」之二種），而「溪」族則奉天師道信仰，六朝人又往往呼「溪」人為「溪狗」，此似則又與「狗」（猿猴）問題有關矣。我檢　弟文似未見到陳文，特此奉告。倘　弟已用陳文則可不論，若万一漏去（我手邊讀得不夠細），將來再版似應補入。但此是小節，無關大體，乞恕我吹毛求疵。

祝

安好

英時　〇六、二、廿六

致王汎森函

一九九五年十一月二十二日

汎森老弟：

今天接劉夢溪先生自研究院活動中心打來電話，知道他將在研究院住到十二月一日，我想贈他一套近作（三民書局出版《歷史人物與文化危機》），可否煩 弟就近代購一冊相贈，我十二月十九日返台北時再還 弟書錢。多謝多謝。

我開刀後已完全復原，請放心。十二月中要去吉隆坡一行，約住五日，歸途在台北小留四、五日，餘俟面談。 弟贈書後乞告知（Fax 即可）為感。

祝

好

文芳問好

余英時敀

1995・11・22

二〇〇〇年十一月十二日

汎森老弟：

十一月二日傳真函收到，適忙於文債，稽答為歉。承誠意相邀，甚感。長期恐有困難，短期當可考慮，但也祇有在明年六月底退休以後才能想想這個問題。從現在到明年的暑假，我的事情多如牛毛，思之不寒而慄，誠不知如何應付也。前年朱敬一先生約我回來為高中生講中西文化，我在原則上答應了。但時間排在明年七月，為我始料不及。今暑去台北曾與　弟提及，承為安排，但臨時已來不及改期。現在我仔細計算，明年七月初退休後，立即須搬遷辦公室書籍，尚有其他雜事亦必須處理，無論如何，屆時已筋疲力盡，特為此講專飛回台北是事實上不可想像的。所以一再考慮後，務請　弟設法為我解除此約，雖有負敬一兄好意，實不得已。我年逾七十，不比從前，想　弟等必能諒解。此時尚有八個月以上時間，覓一替人不難。此事我已做出最後決定，請　弟務代我辦妥。將來回台北，我當再親向　朱敬一先生解釋並道歉也。

弟來函約我回台，我反先向　弟要求解除舊約，思之可發一笑。但　弟知我甚深，必能理解我的困難，非輕諾寡信也。

我現在只想在餘年多做一點學術工作，外務將逐漸減少。老年人當守「在得」之戒，尤不可在名場中爭逐，若唯恐被人遺忘者然。如果儒學對我有何教益，此即其一。

台灣最近似甚亂，美國大選亦發生史無前例之爭，但希望都能得到合理的解決方式。台灣的潛伏危機甚大，我甚以為憂。唯既已決心不問當世之事，則只好靜觀其變。「禍福無門，唯人自召」，此之謂也。

餘不一一。盼覆。祝

好

英時手啟　十一月十二日

汎森老弟：十一月二日信與函收到。適忙於文債，稽答為歉。承誠意相邀，甚感。長期恐有困難，短期當可考慮，但也須在明年六月後退休以後才能想這個問題。從現在到明年[illegible]，我的事情多如牛毛，思之不寒而慄，誠不知如何應付也。前年朱敬一先生約我回來為高中生講中西文化，我去原則上答應了。但時間擱至明年七月，為我始料不及。今若去台北，當與 弟談及，亦可安排，但臨時已來不及改期。現在我仔細計算，明年七月初退休後，立即須搬遷安定書籍，尚有其他雜事亦須處理，無論如何，屆時已筋疲力盡，難為此講書處回台北是事實上不可想像的。所以一再考慮後，務請 弟設法為我解除此約，雖有負敬一先生好意，實不得已。我年逾七十，不比從前，想 弟等亦能諒解。此時尚有八個月以上時間，覓一講人不誤。此事我已徹底最後決定了，請 弟務必代我安排。將來回台北，我當再親向果毅一先生解釋並道歉也。

弟來函給我回台，我自先向　弟要求解除舊約，見之可發一笑。但弟知我甚深，必能理解我的困難，非輕諾寡信也。

我現在只想在餘年多做一點學術工作，外務將逐漸減少。老弟人書字「立傳」之議，尤不可在名場中爭逐，蓋唯恐被人遺忘者始為果傳學對我有何教益，此即其一。

台灣最近似甚亂，美國大選亦發生史無前例之事，但希望都能得到合理的解決方式。台灣的潛伏危機甚大，我甚以為憂。但既已決心不問當世之事，今只好靜觀其變。「禍福無門，唯人自召」，此之謂也。

紹銘、明霞

祝

好

英時手啟

十一月十二日

二〇〇一年二月二十八日

汎森吾弟大鑒：

得弟二函，知已取消前約，不勝感慰。茲補草此短箋，除向　弟申謝外，並請一一轉達約稿諸友，道我感激之至忱，我深知劉國瑞先生與諸友此舉全出謬愛之情，此情我定當永誌不忘。但我的辭謝亦出至誠，且亦非為個人著想，此意　弟必能知，不待嘵嘵。請並將此意遍告諸友，請他們理解，決非我不近人情，不識好歹也。

近日趕寫朱子一書，已至最後階段，希望四月前可殺青。其他未完之稿，必待此事告一結束始能著手也。餘不一一。

並祝

安好

英時手啟　二、二八

二〇〇一年七月二十七日

汎森弟：

來函收到，甚感劉國瑞先生雅意。劉先生提及的是普大退休會，未涉具體，我實不知《聯合報》有約你們寫文章之事，當出誤會。我絕對不贊成你們寫文字談及我，並在報上刊出，徒招人側目，我也不覺得我有任何值得介紹的地方。此事我即可作主，務乞取消此議。我們都應靜靜地自己作應作之事，萬不可公開褒揚自己。你們寫文章，別人看來仍是我授意或默許。我近來只想「與世相忘」，回到書齋，寫出一點自覺有趣味的東西，如此而已。請即電話告訴 劉國瑞先生，我堅決謝絕此舉，但對他和《聯合報》諸友的美意，銘感在胸，但任何見之文字的「慶祝」都不可有。至要至要。匆復並問

好

英時

謝謝你已約諸友的好意，我心領此情，萬不可動筆。

二〇〇三年十月二十七日

汎森弟：

幾天前收到來信（傳真），知　弟履新後，深感事情複雜，但此正陽明所強調的「事上磨鍊」，於　弟益多損少也。勞榦先生紀念會事，知所內已開會討論過，因以往陳、全諸公皆未辦，現以單獨舉行。但我以為不妨擴大，包括以往第一代所有的人，由傳業者各致思念之意，但借勞公逝世為契機可也。此事之所以重要，即可見史語所仍重學術傳承，且可一掃中研院「去中國化」的妄說。不知此意可供參考否？以後有人妄肆攻擊，此紀念會即成最有力的反駁根據。　弟初上任，為之最宜，時機一過，即無大意義矣。我不堅持此議，僅供思考而已。曾托進興轉達此意，想已知悉。

又托進興轉上我答劉述先先生一文，想亦入覽。

聞　弟欲請牟復禮先生講學，不知他肯來否？他年齡已高，又大病方愈，恐憚於長途旅行耳。

餘不一一。　祝

好

我與李院長函，想已代交，董事辭去之意甚堅決（十一月五日？董事會）。弟代開董事會時，務請正式提出，至托至托。又及

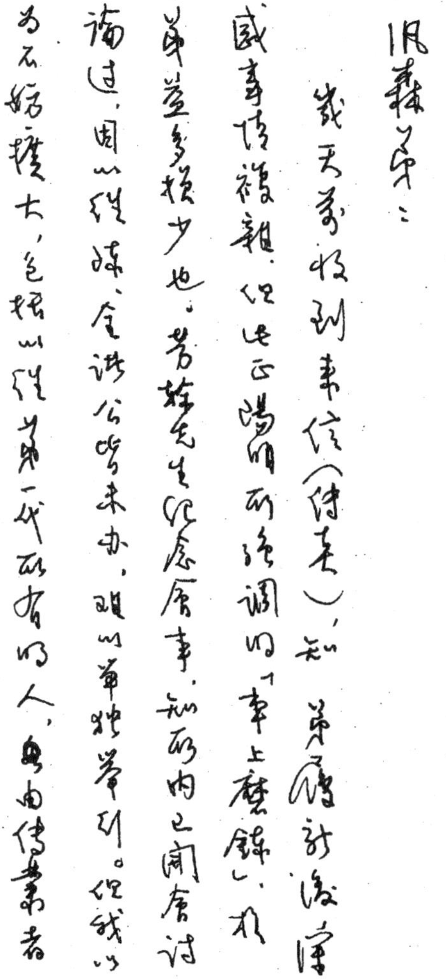

名致思念之意，但借著此過此契機可也。此言之所以重要，即可見史語所仍重學術傳承，且可一掃中研院「去中國化」的妄說。不知此意可供參考否？以後有人要搞政權等，此紀念會即成最有力的反駁根據。弟初上任，為之最宜。時機一過，即無大意义矣。我不堅持此議，僅供思考而已。曾托典華轉達此意，想已知悉。

又托典華封上我答劉述先先生一文，想亦入覽。

聞弟敬請牟復禮先生講學，不知他肯來否？他年齡已高，又大病方愈，恐憚於長途旅行耳。

匆匆 祝

好

（十月五日？董子愈）

我與李院長談，想已代達。董事辭去之意甚堅決，董事任月底屆三年時，將正式提出，亦托之 又及

二〇〇五年三月九日

汎森老弟：

這是網上有關牟復禮先生的報導，是從當地報紙（*Rolling Mountain News*）上摘錄的，其中有一些關於他早年生活的細節是很少人知道。此則又引美國最著名的學刊 *Foreign Affairs*（May 2000 號）一篇書評，說 *Imperial China* 一書為"crowning achievement of a lifetime of research and teaching"和"destined to become the definitive work on traditional China"這都是很高的稱讚，而且此書在 *Foreign Affairs* 上得到如此評價，足見已超出「漢學」的專業範圍，非一般教科書可比。我無時間查評者為誰。 弟如有興趣可一追尋。

我們將於三月十五日去華府，預計住到六月底，回普林斯頓。地址與電話傳真如下：

Capitol Hill Suites（旅館的正式名字，其中有小單位可住，最方便，與國會圖書館只二、三分鐘步行）

200 C Street, S.E. Washington DC 2003

Tel:（202）-448-2088 ; Fax（202）-547-0883

電話是旅館總機號，可轉至公寓單位，現尚不知單位號碼。若有事可依此聯絡，並請轉告

進興及其他欲與我聯絡者。祝

好

英時手啟　三月九日

二〇〇七年三月二日

汎森老弟：

「杜希德文庫」寫了兩張，請擇用。兩張中字有好壞，弟亦可擇而剪貼之，以成一較滿意的混合本。久不親筆硯，下筆無把握。勉強充數而已。

另外附寄文獻兩類，第一類是國會圖【書】館關於克魯格獎的正式報導與典禮的安排節目，這是一種文獻紀錄，寄贈史語所，以為紀念。因所中同仁亦有來信片道賀者，不及一一回謝，此套文獻有興趣者可一觀，算是我以所中通訊研究員的身分的一個檔案。我也寄了同樣一份給香港新亞書院（母校）存檔。第二類是選了幾件美國和大陸的新聞報導，及我最近受訪的發言，我的批評言論能出現大陸報刊，稍出意外。《南方人物周刊》與上海《東方早報》編者都遇到過困難，經他們力爭後終於刊出。此一類可供　弟及關心友人參考。

餘不一一。祝

年禧

英時手啟　〇七、三、二

二〇一〇年十一月三十日

汎森吾弟：

頃得來書並轉示耿雲志先生函，多謝。承耿先生不遺在遠，堅邀我參加明年在南京舉行的胡適120周年紀念研討會，十分感激。耿先生至誠尤為感人，竟欲為我夫婦特籌往返商務艙機票。我真不知如何表達我內心深處的謝意。耿先生是今日胡學研究領域中的祭酒，世所公認，由他出面主持此次大會最為得人，他主編的《胡適研究通訊》，我每期都看，得益不少。

我的健康雖大致恢復，但畢竟年過八十，精力就衰，醫生屢囑勿作長途飛行。弟前月在此晤談，我已以實情相告。去年（〇九）香港講座取消，今年台北院士會亦缺席，都是事實。乞以此意鄭重轉告耿雲志先生，至感至感。年邁體弱，稍剩有餘力，只能偶然讀書寫作，整理舊稿。遠越重洋，真不堪負荷矣。辜負大陸友好如耿先生者之期許，不勝歉然。餘不一一。並問

近好

英時手啟　二〇一〇、十一、卅日

二〇一三年八月十六日

汎森弟：

來函問《祖國周刊》中〈反共兩學派〉一文，作者所用筆名，我已全無記憶。不過我還記得有一文專門介紹《自由中國》殷海光和《民主評論》徐復觀等（對殷頗有詩意之描繪）。其文為李中直（已故，後來移民美國）所寫。此君在六九—七〇之間曾訪問哈佛數月，有一位教美國史之教授是他戰後在東京舊識，昔時在哈佛管理一學院，可以招待外賓也。在此期間，他常到我家談天、吃飯，但他離去後便極少來往了。李中直可說是一「自由主義者」，曾在香港多年，是友聯出版社（即《祖國》出版者）的一份子。勞思光與他認識，惜已逝世，無可追問矣。此覆。

英時手復　八、十六（二〇一三）

二〇一四年十二月三日

汎森老弟：

寫了兩封久想著筆的信，因工作剛結束，而局勢又適大變，此與時間有關，故特以快郵請弟代轉。為保證兩信皆可確實遞到，亦以 弟為最適當之人。信皆封上，非有任何機密語，不過為鄭重起見。我留有副本，將來 弟有興趣，可以相示也。主要是寬慰之言，必須及時送達而已。

餘不一一。祝

近祺

英時手啟 二〇一四、十二、三日

1960
年代

廖志峰
陳致
陳正國
林道群
彭國翔

致廖志峰函

二〇一一年二月九日

志峰先生：

敝友陳穎士先生遺詩，承　先生大力支持，可望出版，十分感激。

前天談到我的《文化評論與中國情懷》一書再版本，我提議增加最近所寫文字數篇，使此書真正成為新書，這是最好的方式紀念中華民國一百年。我前幾年（二〇一七年）出版了一部自選集，書名《情懷中國》（香港　天地）其中有不少是最近兩三年內新寫的東西，在台未收入任何文集，可以加下。現開列於後：

①〈我走過的路〉是簡要自傳，一九九四年，在日本講演，先發表在日本關西大學刊物上。（排在〈境界與平常心〉之後）

②〈殿上垂裳有二王〉

③〈境界與平常心〉

這兩篇都講圍棋，排在新本〈豁達勝負入中年〉之後（頁335之後）

④〈新亞書院紀念碑銘〉

⑤〈唐君毅先生銅像贊〉
兩篇是文言，排在全書之末。
《情懷中國》一書，黃進興先生有一本，請借用。多謝多謝。

祝

安好

余英時上　二〇一一、二、九

二〇一八年六月二十日

志峰兄：

茲有一事，想和　兄商量一下。我的回憶錄第四章〈香港與新亞書院〉與香港《明報月刊》已刊出七期，尚有一期（八月號），下月中旬校最後一期稿樣。今得《明月》編輯葉國威來函（附上），說閱者不少，大陸也有人讀，所以他和明月社長潘耀明都希望能續刊回憶錄餘下部分，我的第五章寫美國讀書經過，也很長。我想知道　兄願意將此章傳去，讓他們續印嗎？《明月》在香港行銷，可私下傳入大陸，對台灣讀者無大影響，由它宣傳一下，不知妨碍此書在台灣的銷路否？請斟酌後見告。

此書聽進興兄說，已在排印中。內人也將能搜到的大陸時期的照片（不多）寄給進興兄，由他轉交　兄處，不知收到否？有何意見？盼告知。

餘不一一。祝

編安

余英時手上　二〇一八、六、二十

二〇一九年六月十八日

志峰兄：

謝謝來信，指出應改進的幾點，已吸收在改本之內。既應感謝評委和讀者，當然也不能漏去允晨（即老兄）的支持，我沒有用允晨的全名（太長了），想　兄可以同意。

我想香港方面可以將我原信影印給讀者，所以我特別寫得清楚一些。

餘不一一。祝

安好

余英時上　二〇一九、六、十八

《回憶錄》獲獎感言　余英時

《余英時回憶錄》獲得「第十二屆香港書獎」，這是我莫大的光榮。我必須感謝諸位評審委員的偏愛、讀者大眾的熱忱，以及允晨文化出版公司的大力支持。我寫的不是個人的自傳，而是希望通過一己的體驗，將二十世紀中葉以來中國文化和思想的整體動態，儘量客觀地呈現出來。我誠懇地盼望得到廣大讀者的指正和批評，使我可以知道怎樣改進，以繼續完成全書的撰述。

二〇一九年六月十八日於普林斯頓

志峰兄：

謝謝來信，指出應改進的缺點，已存收在改本之內。既應感謝評審和讀者，當然也不能掠去先生（即老兄）的支持。我沒有用先生的全名（太長了），想兄可以同意。

我想經書店方面可以將我原信影印給讀者，我特別寫得清楚一些。

餘不一一，祝

安好

余英時上

二〇一九、六、十八

《回憶錄》獲獎感言　余英時

《余英時回憶錄》獲得「第十二屆香港書獎」，這是我莫大的光榮。我必須感謝諸位評審委員的偏愛、讀者大家的熱忱，以及允晨文化出版公司的大力支持。我寫的不是個人的自傳，而是希望通過一己的體驗，將二十世紀中葉以來中國文化和思想的整體動態，儘量客觀地呈現出來。我誠懇地盼望得到廣大讀者的指正和批評，使我可以知道怎樣改進，以繼續完成全書的撰述。

二〇一九年六月十八日於普林斯頓

致陳致函——

二〇〇七年五月三十一日

陳致兄：

寄上錢默存先生函影印本一紙，此本完整清楚，必要可用為插頁，以增趣味。

另寄照片兩禎［幀］，這是《明月》陳芳女士要的。她希望多寄生活各階段的影片，與訪問配合。但是我從沒有保存照片的習慣，所以實在無法應命。而且我覺得此訪稿是學術性質，以質樸為宜，最好不放照片，必要時可以我的書的封面代替照片，比較更嚴肅些，想兄必同意。請代向陳女士解釋一下，我會另回信向她說明我的困難，請她原諒。

附上近作四絕句，《明月》大概也會刊出。請你方家指正。周策縱先生去世，已得周夫人寄詩集及訃文，甚為傷逝也，我與周公往來不多，但頗賞識其為人為學與才華，老輩又少一人，不勝悽然。聞他臥床多年，已失記憶，又走得平安，復享遐齡，亦可以無憾也。

敬問

安好

英時手啟　〇七、五、卅一

陳致兄：

寄上錢鍾書先生函影印本一紙，此本完整清楚，也許可用為插頁，以增趣味。

另寄照片兩頁，這是「明月」陳芳女士要的。她希望多寄生活各階段的照片，與訪問配合。但是我從沒有保存照片的習慣，所以實在無法應命。而且我覺得此訪稿是學術性質，以簡樸為宜，最好不放照片，必要時可以我的書的封面代替照片，比較文雅素些，想兄必同意，請代向陳女士解釋一下。我會另回信向她說明我的困難，請她原諒。

附上近作四絕句，「明月」大概也會刊出，請你方家指正。周策縱先生去世，已得周夫人寄詩集及訃文，甚為傷逝也。我與周公往來不多，但頗賞識其為人為學與才華，老輩又少一人，不勝悵然。聞他臥床多年，已失記憶，又走得平安，復享遐齡，亦可以無憾也。

敬問

安好

英時 七、五、廿一

二〇〇九年二月十二日

陳致兄：

因前些日子大雪，出門不便，以致未早寄訪問稿與　兄，乞恕。訪談稿有兩部分：①前已在《明報月刊》發表過的（8—12期）合稿，② 2008.6.19新訪問稿。

關於①，共31頁，我不想再增添或修正，所以不寄回了。寄回的是②新訪談稿，共19頁，我幾乎重寫了我的答案，內容並無大改變，但原稿我的話純是隨問隨答口語，有不完整或不妥當之個別字句，所以我索性用口語式的文字從新寫一遍，字數可能比　兄原稿增加了不少。有些地方，我參考了文獻與中西方出版品，仔細想過一次，寫出來的比較圓熟些。但字跡很小，又頂天立地，佈滿全頁，恐　兄看起來或吃力，至歉。若　兄能於打印後再傳真或寄下與我一校，則更妥當。但麻煩吾　兄至再至三，甚感不安耳。

餘不一一。祝

春節如意康健，並問

合府大小的安泰

英時手上　〇九、二、十二

二〇一一年六月十五日

陳致吾兄：

長（《訪談錄》）、短（《國學與漢學》）兩稿，以兩天一夜之力連看了一遍，改動不下二、三十頁，有幾處重新寫過。大致毛病改得差不多了。茲寄上改稿三份！

①《訪談錄》（共三次）68頁（未改前頁數），其中第三次訪談，我大概未改過，所以毛病都集中在此章中。我挑出第三訪56頁—61頁徹底改正。

②《國學與漢學》共16頁（未改前頁數）

我發現此稿第1至第7頁基本取自第三次訪談，故必須大改。此七頁中所改請同時在《訪談錄》中依樣改正。我已在《訪談錄》相關諸頁作了標識，請細檢一次。其中取自第二次訪談錄的，無多改正，大概以前已細改過一次。

③《訪談錄》56—61頁，全部改正及改寫一遍。我將此6【頁】特別提出來，因為在兄原稿上改不了這許多，而且還有加添部分。

此三份改正部分數十頁，我影印了一份存底，以備將來查考。若印成校樣後，我能再親校一次，則更妥當。再者，稿中還有忌諱字（如「六四」之類），如何處理，請　兄之斟酌，將來中華「政治編輯」定會找麻煩。

祝

安好

英時手上　二〇一一、六、十五

致陳正國函

二〇一二年十一月十五日

正國先生：

數奉來書，以事冗未及題字，故遲遲未覆，乞恕罪。王汎森、林載爵兩先生與呂妙芬女士皆熱心創辦思想史學報，甚盛事也，愚雖年邁，精力不復當年，但仍願從旁助力也。茲先將題簽寄上，供　先生等設計之用，初未看清來書，僅寫了「思想史」三字，書竟再讀尊函，似應有「學報」二字，故另加寫此二字，貼補原字之下，好在電腦可運用自如，必可妥作安排，至於刊名與題名之大小應為何比例，請　先生與王、林、呂諸位商定，諒無困難也。

愚近日不大寫單篇論文，創刊號愚擬以近著《論天人之際》一書長序奉上，以示支持之意，序中亦涉及治思想方法等問題，與　先生所需求者相去不遠。不知編輯諸公意下如何。茲先將題簽及此函由史語所傳真奉上，以免　先生懸念，愚久未覆信，恐　先生誤會愚不尊重年輕一代學人，其實殊不然也。此函特以毛筆書寫，亦是鄭重之微意，尚乞　察及，原題簽及此函原文另航郵寄達。

餘不一一。即頌

撰祺

余英時手覆　二〇一二、十一、十五

正圖先生：

教年來書，以事冗未及題字，故遲遲未覆，乞恕罪。王汎森、林載爵兩先生與呂妙芬女士皆熱心創辦思想史學報，甚盛事也。愚既年邁，精力不復當年，但仍願從旁助力也。茲先將題簽寫上，供先生等設計之用。初未看清來書，僅寫了「思想史」三字，書竟再讀尊函，似應有「學報」二字，故另加寫此二字，貼請原字之下。好在電腦可運用自如，必可妥作安排，至於刊名與題名之大小應如何比例，請先生與王、林、呂諸位商定，諒亦不難也。

愚近日不大寫單篇論文，創刊號只能以近著《論天人之際》一書長序奉上，以示支持之意。序中亦涉及諸思想方法等問題，與先生所為求者相去不遠，不知編輯諸公意下如何。

茲先將題簽及此函由史語所傳真奉上，以免 先生懸念。愚久未覆信，恐 先生誤會愚不尊重前輩一代學人，其實殊不然也。此函特以毛筆書寫，亦是鄭重之微意，尚乞察及。原題簽及此函原文另航郵寄達。

餘不一一，即頌

撰祺

余英時上覆

二〇一二、十一、十五

致林道群函——

一九八八年十二月十五日

道群先生：

拙稿承　先生整理，十分有用，因課務太忙，又想徹底重寫，所以一拖至今，十分抱歉，恐怕使　董秀玉女士著急了。

原稿只改了前三頁（已重抄過，又有改動），自己不滿意，便只好根據講詞大意完全改寫過，所以成了這個樣子，連題目也有更動，但自覺內容比口講時豐富些，也較有深度了。我深信立言有責，不願輕率以隨便談話正式付印，所以一再延遲，務請原諒。我曾于五天前打電話給朱維錚教授，他說還來得及印入第一期，故特以「特快郵」寄上，郵費雖高，算是我自己的「罰款」好了，可勿介意。台灣《中國時報》索稿，擬以此文同時刊出，不知可告知出版日期否？（我猜想總在一月中旬，是否？）

此祝

年禧

董秀玉女士請問好

余英時　十二、十五

如有問題請打電話：[redacted]香港中午左右打來較好，那是此間夜十二時左右，我一定在家，又及

二〇〇九年十二月十四日

道羣兄：

電話中忘記問　兄關於董橋兄撰文事，不知弟與　兄傳真信一頁收到否？董文寫成，乞早日付弟先讀，為感，恐　兄事忙，特提醒一下，想　兄必不嫌弟之煩絮也。

又：關於《中國文化史通釋》題簽書名事，弟有一想法，即擬請老友金耀基兄為弟題字，以紀念我們相識近四十年的友誼。但知耀基兄將有南京之行，二十三日將返港，不知　兄可否先打電話，代弟請求，弟當於他返港後直接電話懇求也。此意如得　兄贊許，則可以先試此能否成事實。弟亦可自題橫、直兩簽，以備萬一，則不致誤事了。請　兄斟酌決定，可行？

祝

安好

余英時拜上　〇九、十二、十四

二〇〇九年十二月十四日

道羣兄：

先後二傳真信都收到了，多謝。董橋兄答應寫序，以為拙作增輝，十分感謝。我在他為兄處關說，囑我寫稿時，曾有一請求，即請他寫一序文，以為數十年友誼的紀念，他當時未置可否，弟亦不敢再催，今得　兄函，為之雀躍。序成後務乞早日傳弟，先睹為快，且可為弟寫自序之參考也。兄第二函關係校樣者，謹答於下：弟深知　兄欲趕上台北書展時限，甚為緊迫，故前日收到清樣時即開始校對，至今已校至第十篇（至頁210），校出應改之處已有42頁，尚餘〈俠〉（最長一篇）及〈日本〉二篇未校，明後應可完成，第十篇〈科舉〉校得最好，弟未找到錯誤。茲擬將已校應改之42頁傳真至兄處，以便參考，並爭取時間。不過此42頁大概不能一次傳上，準備每次傳十餘頁，三次或可畢事。因弟年紀已大，一次傳真，體力不易支也，乞諒。祝

安好

余英時　〇九、十二、十四

吾兄敬業精神，極可敬，清晨即趕寫傳來，弟感動之至！

二〇〇九年十二月十四日

道羣兄：

董橋兄的序已寄來，好極了。他題作「余英時新書付梓誌喜」，但請改作「序」，放在書的前面。（他太謙虛，請　兄堅持改作「序」）。弟之「自序」本只為說明所收十二篇文為什麼要用《中國文化史通釋》的書名，數百字至一千字可了。因此，我準備放在全書之末，改稱「後記」，只讓董橋之序佔書前的位置，想　兄必同意。若更能得金耀基先生題簽書名，則一切十全十美了。

我細校了〈俠與中國文化〉一長文，此文初出版時未經弟親校，錯誤、編輯等都有問題，此次徹底重校，並改變部分排列方式，引原始資料以前也未好好校對，我一一查原文改正。共校了30頁，茲傳上。此篇非我親校不可，別人無法弄清楚所有誤處也。請照所校一一改正，至感至謝。祝

安好

弟余英時　〇九、十二、十四

道平兄：董橋兄的序已寄來，好極了。他題作
「余英時新書付梓誌喜」，他請改作「序」，放在書
的前面。（他太謙虛，請 兄堅持改作「序」）。拙
「自序」本只為說明所收十二篇文為什麼要用〈中
國文化史通釋〉的書名，數百字至一千字可了。
因此我準備放在全書之末，改稱〈後記〉，只讓
董橋之序佔書前的位置。想必 兄同意。若更能
以金耀基先生題簽書名，則一切十全十美了。

我細校了〈俠與中國文化〉一長文，此文初出版時未經我
親校，錯誤、編輯等都有問題，此次徹底重校，並改變
部分排列方式，引原始資料以前也未好好校對，我一
一查原文改正。共校了30頁，茲傳上。此篇非我
親校不可，別人無法弄清楚所有誤處也。請照
所校一一改正，至感至謝。祝
安好

弟 余英時 〇九、十二、十四

二〇〇九年十二月十六日

道羣兄如晤：

剛收到傳真，知弟所改正已一一復原，甚感。弟自知有些篇（特別是〈俠……〉文），非我親校親改不可，所以不必等　兄寄第二次清樣再動手。又校樣有幾處地方我對原文作了小小文字上的修改，這也祇能由我決定，兄等無論如何細心也無法幫上忙，因此我無法偷懶，先難後易，我親改一遍，以後便容易了。今天我又將最後一篇校完，錯字極少，有幾處是改原文及建議編排方式（如283頁引文），不是出版社的錯誤。現在再將這7頁傳上，以供　兄參考。

董橋兄已回信給我，似表示保持原題！我想他是過謙之故，希望　兄能說服他，但不希望他真的「不高興」（如兄函所言），若他一定堅持，至少可在原題之上加「代序」二字，此法最好不用，他接受「序」，便上上大吉了。弟之「後記」，一兩天內寫出，請　放心。一切麻煩老兄之處，在此謹誌謝意。祝

安好

弟余英時　〇九、十二、十六

二〇〇九年十二月二十八日

道羣兄：

傳來耀基兄書名題簽，甚感。弟同意兄的意見，直寫的更好。介紹文字簡要得體，承兄費心，謝謝。

耶誕前弟傳真至出版社6頁，〈後記〉二頁，有改動和增添。增添是致謝語，原本想另闢「致謝」一條，後考慮到還是寫入〈後記〉為自然。

關於正文，只有三頁，不關錯字，而是排列上的小問題，很容易改正。又加目錄一頁，關於頁碼問題，想 兄去付印必會檢查改定，弟校改或無必要，不過既已見到，不妨提醒一下，乞諒。

〈後記〉改正後，當乞再傳弟一閱，多謝費神。

耀基兄題簽，應有他的署名（印章），如他謙退未寫，務請補上，至要至要。祝

年禧

弟余英時上　〇九、十二、廿八

二〇〇九年十二月二十九日

道羣吾兄：

昨日傳下〈後記〉，弟未發現誤字，應已過關矣。今日又承傳下〈俠〉文三頁，凡引文與中華本二十四史不合者，都當照改。兄注「原稿沒有⋯」的地方，都是原稿有誤，因當時原稿校本甚匆促，又清校樣與原書出版相差好幾年，我在原清樣改過的誤文，在印本仍未改正。所以我這次趁重印機會，取原書（《史記》、《漢書》、《後漢書》⋯等）儘量重校對一遍，改正不少，但仍有漏網之魚，這是古人所謂「校書如掃落葉，隨掃隨積」也。承兄細心一再重校，十分感謝，以後如有類似之誤，祇要與所引古籍之原文有異，請一律以古籍原文是從。弟所引二十四史即是中華校點本。此書既告一段落，弟不再校了（尚有他事要處理，實無閑暇），一切由兄作主，可也。多謝多謝。

敬祝

年禧

余英時手上 十二、廿九 〇九年

二〇一〇年一月八日

道羣兄：

中研院史語所所長黃進興先生處，有我的照片，且有 E-mail 可傳至香港，他們為我慶祝八十歲的論文集上有一張照片甚好（印在該書封面，聯經出版，2009，十二月一日）我已電話與黃所長談過，他的辦公室可以辦此事。又前一次弟要自購拙作30本，承　兄客氣，弟甚不安，仍願自購。此30冊即請寄給史語所黃先生。又另發現原書頁74有一錯字（「苦」讀作「若」）一併傳上，若能改正更好。祝

新歲如意

弟余英時上
Jan・8, '10

二〇一四年二月十日

道羣吾兄：

「年初五」來示收到，多謝多謝。

拙著《論天人之際》出版後（上月中以前），弟即寄給少數有關友人、香港友人共約10人左右，其中之一即是 吾兄，何以今天尚未收到？弟即將專函聯經催問，希望 兄遲早終能收到，此是弟一點友誼紀念之情也。勞 兄破費購買拙作，閱之慚愧。此書為多年來所指有關中國思想起源之構想，已表達過多次，但最近才發憤寫成一系統之作，求教於當代方家，盼 兄切實指出任何有問題之處為感。弟對兆光兄亦曾作過同樣要求也。承 兄不棄欲得弟劣字。弟從未練過書法，只信筆而寫，不求精好，也不可能好。但相知友人見索，弟決不推辭。但因自知字劣，從不敢主動寫字送人耳。近得耀基兄書法兩件，字字動人，為之羨慕不已。俟三五日後有暇，必動筆為 兄寫一小幅，請 釋懷。屆時或煩傅鏗兄代郵，此小事 兄千萬勿放在心上，使弟不安也。

餘不一一。敬祝

新春萬事如意！

弟余英時手覆

2014・2・10

二〇一四年六月二十六日

道鞏兄：

收到贈書多冊，都很有價值，如蕭軍《延安日記》、高華《歷史筆記》、及《行者思之》等。十分感謝。此次意外獲唐獎，受之有愧，但能使友好同感高興，也是好事。我徒以虛名得之，甚感不安。

為　兄所書條幅已到港，甚慰。弟閱傅鏗兄文及所附載拙書影本，似有筆誤之處，不過照片字小，看不清楚，為穩妥計，我又趕寫一幅，另快郵直接寄上。我的書法不足道，字之工拙也不必計較，只可視為與　兄友情之一種真誠表示，即成一種紀念象徵。　兄收到另本，不必驚詫。

餘不一一。祝

編安

余英時手上　二〇一四、六、廿六

二〇一七年三月二十一日

道群兄：

收到大函和大文，十分感謝。您的文章寫得極好，承您介紹了我的賀詞，是意外的榮幸。董橋兄告訴我耀基兄書展很遲，我匆匆著筆，祇寫了幾句話，不過句句都是從我心中出來的，決不是應酬式的文字。董橋兄「字正腔圓」地讀出賀詞，也是使我十分快慰的事。您舉《中國文化史通釋》為例，尤其恰當。這是我們三個人第二次的文字因緣。

回憶錄尚在撰寫中，《二十一世紀》將刊出我在大陸時期的幾節，其餘暫不刊行，待全稿完成後再說。我的回憶錄是想描繪出我一生所見所聞的世界變動，不是所謂「自傳」，我個人則是這一大時代中的綫索而已。出版成書，一時還談不到。謝謝。您的雅意。　敬

問

安好

余英時手上　二〇一七、三、二一

道輝兄：

收到大函和大文，十分感謝。您的文章寫得極好，和您介紹了我的賀詞，是意外的榮幸。董橋兄告訴我，還是兄費心張羅，我動了筆，祇寫了幾句話，不過句句都是從我心中出來的，決不是應酬式的文字。董橋兄「字正腔圓」地讀出賀詞，也是使我十分快慰的事。您舉《中國文化史通釋》為例，尤其難得。這是我們三個人第二次的文字因緣。

回憶錄尚在撰寫中，《二十一世紀》將刊出我在大陸時期的幾節，其餘暫不刊行，待全稿完成後再說。我的回憶錄是想描繪出我一生所見所聞的世界變動，不是所謂「自傳」，我個人只是這一大時代中的線索而已。出版成書，一時還談不到。謝謝您的祝意。　敬祝

春好

余英時 上 二〇一七、三、二一

致彭國翔函

二〇〇五年九月十八日

國翔兄如晤：

兩月前來書已到，我們今年四月起在華府暫住，因為我接受了國會圖書館之約請，在彼處從事研究，十一月底才完全結束工作（華府地址見信封上），不過偶然回到普林斯頓看看而已。前兩週回來始讀到　大函，甚以為慰。你調職事總算圓滿解決，中間小波折，不足介意。　兄來訪事亦成口實，甚不可解，但也早在意料之中。今幸均成過去，但仍可引以為戒。我甚少答相知之信，並非怠慢，恐無益反損耳。　兄入清華任教，於學業必大有好處，可喜可賀。今日認真讀書做學問者太少，知識已商品化，瞻望未來神州，尤可畏懼。物質日盛，精神日枯，敗壞人心，莫此為甚。極少數有志之士如吾　兄者不可不立定志向，為文化價值之重建，發深心弘願也。昔人云人生如白駒過隙，此語今日更應有時代意義，否則匆匆數十年徵逐浮華，老去方知萬事空，豈不可惜。但願莽莽中原仍能留得少數讀書種子，真能為復興文化奠定基址。「儒」之一字在今日真是無從說起，前不久聞有某儒家奇案，喧騰人口，不勝慨然。尊作若隨時寄下（單篇論文），先覩為快，當可大慰老懷。

我現在只願看到後起學術人才之崛起也。餘不一一。祝
著祺

知名不具　〇五、九、十八

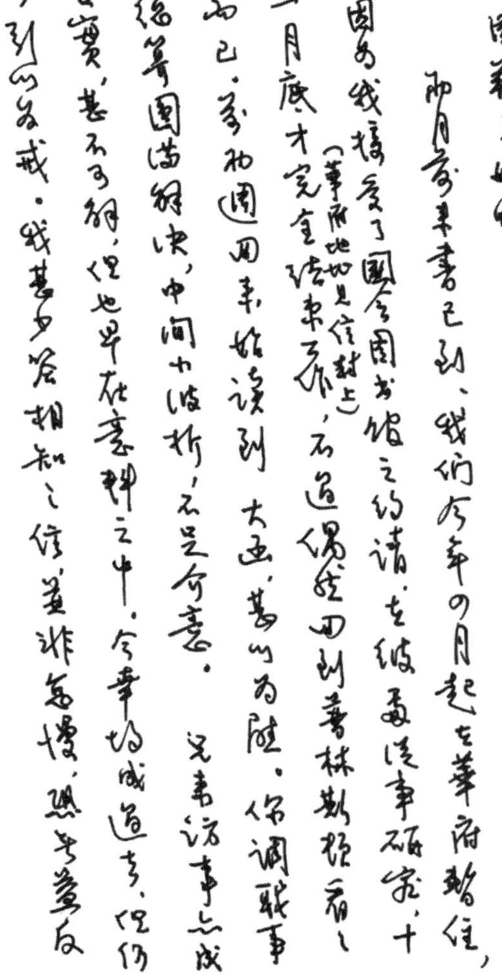
國翔兄如晤：
前月前來書已到，我們今年四月起在華府暫住，因為我接受了國會圖書館之約請，在彼處從事研究，十（華府地址見信封上）一月底才完全結束工作，不過偶然回到普林斯頓看看而已。前兩週回來始讀到 大函，甚以為慰。你謂戰事總算圓滿解決，中間小波折，不足介意。 兄來訪事亦成口實，甚不可解，但也早在意料之中。今事均成過去，但仍可引以為戒。我甚少答相知之信，並非怠慢，恐其並反

頌平：

兄入清華任教，於學業必大有好處，可喜可賀。今日還有志讀書做學問者太少，知識之商品化，瞻望未來前途未可樂觀。物質日豐，精神日枯，敗壞人心，莫此為甚。極少數有志之士如吾 兄者不可不立定志向，為長久價值之重建，發揮心力貢獻也。吾人之人生如白駒過隙，此語今日更應有時代意義。吾則無數十年徵逐浮華，老年方知學問事業空，豈不可惜。但願莘莘之中，仍能留得少數讀書種子，為精神與文化奠定基地。「儒」之一字在今日真無從說起，前不久聞有某儒家專案，喧騰人口，不禁憮然。（單篇論文）尊作若能付寄下，自先睹為快，當可大開茅塞也。我現在亦頗看到後起學術人才之崛起也。餘不一一，祝

著祺

知名不具 〇五、九、十八

二〇〇六年十一月二十日

國翔老弟：

知道　弟這兩天都為關於我的報導事忙碌。據我所知，有不少人通知（電腦或電話）國內朋友，否則便茫然不知。此事早在意料之中，不足驚詫。事實上，我個人極不願太暴露。我只是覺得讓理解我的友生知道便夠了。媒體與網路封鎖，正合我意。現作為一種現象，則甚有趣，不妨作深入觀察。北大有一網站，上面有「雲中君」一專欄，「雲中君」是我在普大的學生和同事陸揚，今年一年在哈佛教書。他在網路上大概報導了不少，好些人都是從他的專欄上知道的。　弟也許可以一查。唯　弟對此事只可保持私下興趣，千萬勿對不相干的人去宣揚，恐於　弟將來造成意想不到的困難。「明哲保身」古有明訓，處此千奇百怪之世界，不可動情緒，冷眼旁觀可也。

寄上《紐約時報》最早新聞一則，和「人民網」（外交部新華社）一則。後者是對外的，表示「開放形象」，中國境內人絕對看不到的。對比之下最有趣味。我是「低調俱樂部」中之一人，望　弟也參加。

餘不一一。即問

近好

知名不具　〇六、十一、廿

二〇一〇年一月二十三日

國翔吾弟：

茲寄上普大書簽一紙（其實當說「幅」），存為紀念。其他書簽，我都寫了「××吾弟　英時致謝」（用市上所賣自來水墨筆）。但我不久將為　弟寫一幅字，所以不在簽上寫了。其他所寫各件都是情意重於禮物，且不是禮物，故　弟切不可寄禮物來，作為還禮。如此往來不應發生在我們之間，因為太循俗也。

小黃和孩子們新年健康如意！

英時附言　一〇、一、廿三

淑平同問

二〇一〇年五月四日

國翔弟：

最近才將贈　弟之生日壽詩寫在宣紙上。久不親墨硯，寫來不甚得心應手。但可勉強交卷，免　弟懸念也。

此詩是在大風雨無電之夜，擁厚被在黑暗中口占而成，次早才筆之於記事本上。這一點倒是很可紀念的。

餘不一一　祝

近好

小黃和孩子問好

英時手書　一〇、五、四

師母附筆

又：第二個圖章是「淑世平生志」，乃周策縱先生詩句以贈師母者，故我倩人特刻此五字為一閒章，每次與師母同贈人書即用之。但這次蓋印時用力不匀，略有毛病，乞　諒。

1970
年代

何曉清
周保松

致何曉清函

二〇一三年八月十八日

曉清：

收到　尊大人的信，請代轉謝他贈詩的雅意，我很不敢當。為了不給他惹麻煩，我請你轉達此意。邵燕祥先生及其詩與雜文，我早已讀過一些，十分欽佩。我在〈讀後感〉中沒有提他的名字，也是怕為他添麻煩。這是我一向的謹慎。　尊大人若在文中加進他的大名，我當然同意。

文中在國內發表有些地方恐應刪去或修改，請　尊大人**完全作主**，**自由改動**，此文處理權完全托　尊大人作主，不必再徵求我的同意。將這此幾個字，由你設法轉告。祝

好

余英時　二〇一三、八、十八

二〇一四年一月二十一日

Dear Xiaoqing:

First, Happy Birthday to you!

Thank you for sending me your father's email note. It was kind of him to mention my birthday in connection with yours. Please forward my thankfulness to him when you write him next time. But my "birthday" on line is not the real one. It is actually the date of my lunar birthday and I have adopted it in my passport for convenience' sake. However I consider it a happy coincidence that my "official birthday" turns out to be the same as your real birthday.

Ying-shih

2014.1.21

Dear Xiaoqing:

First, Happy Birthday to you!

Thank you for sending me your father's email note. It was kind of him to mention my birthday in connection with yours. Please forward my thankfulness to him when you write him next time. But my "birthday" on line is not the real one. It is actually the date of my lunar birthday and I have adopted it in my passport for convenience' sake. However I consider it a happy coincidence that my "official birthday" turns out to be the same as your real birthday.

Yingshih
2014.1.21

二〇一七年八月七日

曉清：

很久沒有和你通問，但仍時時記掛著你。前些時候收到來信和附寄各件（包括 Vera 為你書所寫評論），我就放心了。但我現在畢竟年紀太大，雖然健康大體尚好，精力已遠不如前，不太活動，能懶便懶，有一點精力便用來寫回憶錄，不是寫自己，而是寫我親眼見到中國和世界的變遷，附上最近香港刊出的兩章，你可以閒中讀讀，與歷史相印證。此錄將很長，一時寫不完，只能寫到哪裏便算到哪裏暫止。已發表（香港中文大學《二十一世紀》的只有三章（當有一章八月份刊出，但尚未收到）這三章到一九四九年止。以下在續寫中，若全稿完成後，再作「書」發表，不想先在雜誌上披露了。

你很努力，有成績，我極高興。盼你早日拿到永久聘書，能多發表書和論文，是非常必要的。

我和 Vera 久不連絡，你有她的住址，請寫給我，我想寄新出兩本英文論集給她。現在已寄給你一套，留作紀念。祝

教祺

英時　二〇一七、八、七

致周保松函——

二〇一一年七月十三日

保松先生：

收到賜寄報紙最後一日絕版以及　先生大作等，不但感謝而且感動。香港情況向民主自由相反的方面進展，我早在NY時報、電視等媒體上注意到。在短時間內，大概不易改變。但我始終相信：人類文明正途不可能被少數自私自利的人長期控制。香港自開始（1843）便享有自由，不在專制王朝手中。以香港人的覺悟程度而言，也決不甘心作奴隸或順民。但人的主觀奮鬥是極重要的，決不能放棄。

我完全同意先生信中一段話：

「但願我（們）有足夠的勇氣和智慧，繼續作一點事。」

即以此語互相勉勵吧。

余英時　手上

注：Fax傳不過去，只好寄信，乞諒！

保松先生：

收到赠书、报纸与传真，以及
先生大作等，不但感谢而且感动。

香港情况向民主自由相反的方向进展，我常
在NY时报、电视等媒体上注意到。在短时间内，大
概不易改变。但我始终相信：人类文明必还
不至于被少数自私自利的人长期控制。香港自由始
（1840s）便享有自由，不在专制王朝手中。以香港人的
觉悟程度而言，也决不甘心作奴隶或顺民。但
人的主观奋斗是极重要的，决不能放弃。

我完全同意先生信中一段话：
「但愿我们有足够的勇气和智慧，
继续作一点事。」

即以此语互相勉励吧！

余英时 手上

注：FAX传不过去
只好寄信。又请：

後記

余英時先生不擅電腦，對外聯繫除了電話之外便是書寫。從郵柬到傳真，說余先生日日筆耕墨耘一點也不為過。

編輯書信選的契機，來自於傅鏗傳來余先生賀高行健得諾貝爾文學獎等三通函簡，說是余夫人陳淑平女士在整理物件時翻出的。函中文華通達，辭采合度，展示了余先生為人處世溫煦、體貼的一面。經淑平女士首肯，遂開始訪求余先生的信札，希冀能呈現余先生學問文章外的生活樣態。

賴得曾與余先生魚書雁帖的眾方尊長，以及留存先祖手澤之後人支持，前後蒐羅書翰逾三百通。礙於篇幅，遂依幾個大原則精選：

一、盡量收錄邀得書翰的每一位受信人，並至少輔以每位受信人的函件原稿一通，以期呈現寬廣之鴻雁面向。

二、具備談學說理內容，或實際通訊性質。

三、言及編務往返、文稿投遞……等名山項目，但同一事件上的多次往覆則擇要而錄。

全書編列以人繫年，受信人自清末史家牟潤孫，至當代學者周保松，跨度穿越多個世代；輯錄信件最早寫於一九六〇年七月，最晚則為二〇二一年七月，時序超過一甲子。余先生注重禮數，書信中的上款下款、挪抬平抬、縮小偏寫、重點畫記等皆有講究，更不說因人制宜而採用的提稱語、申悃語、問候語、末啟詞等，或關懷致意，或評述敘事，長短不一的素箋，件件允為寫作範本。

余先生的字亦行亦草，自成一家。他在信中謙說「從未練過書法，只信筆而寫，不求精好，也不可能好」，「我的書法不足道，字之工拙也不必計較」。這些自牧之詞同在硬筆書寫上。書信裡的文字布局流暢，字裡行間可見余先生少壯的風發飛揚，年邁的圓熟藹然，若僅就信札本身著眼已極可觀，無疑臻於文人字的一個完善高度。

本書能夠順利編輯出版，除書中所錄書翰之提供者不吝成全，還要特別感謝朱瑞翔、李默父、詹千慧、董明，這幾位朋友在尺牘分析剖釋上給予專業的建議與協助，使余先生的函件內容盡可能顯以原貌，將余先生的文字園圃拓展在讀者眼前。

陳逸華　謹誌

二〇二二年七月

余英時文集27

余英時書信選

2022年8月初版　　定價：新臺幣400元

著者	余英時
總策劃	林載爵
總編輯	涂豐恩
副總編輯	陳逸華
叢書主編	沙淑芬
原函謄打	吳浩宇
內文排版	李偉涵
封面設計	莊謹銘

出版者	聯經出版事業股份有限公司
地址	新北市汐止區大同路一段369號1樓
叢書主編電話	(02)86925588轉5310
台北聯經書房	台北市新生南路三段94號
電話	(02)23620308
台中辦事處	(04)22312023
台中電子信箱	e-mail：linking2@ms42.hinet.net
郵政劃撥帳戶	第0100559-3號
郵撥電話	(02)23620308
印刷者	世和印製企業有限公司
總經銷	聯合發行股份有限公司
發行所	新北市新店區寶橋路235巷6弄6號2樓
電話	(02)29178022

總經理	陳芝宇
社長	羅國俊
發行人	林載爵

行政院新聞局出版事業登記證局版臺業字第0130號

本書如有缺頁，破損，倒裝請寄回台北聯經書房更換。　ISBN 978-957-08-6426-7 (平裝)
聯經網址：www.linkingbooks.com.tw
電子信箱：linking@udngroup.com

國家圖書館出版品預行編目資料

余英時書信選/余英時著．初版．新北市．聯經．
2022年8月．308面．14.8×21公分（余英時文集27）
ISBN 978-957-08-6426-7（平裝）

856.286 111010161